Début d'une série de documents
en couleur

LIMOGES

EUGÈNE ARDANT & C⁰, ÉDITEURS.

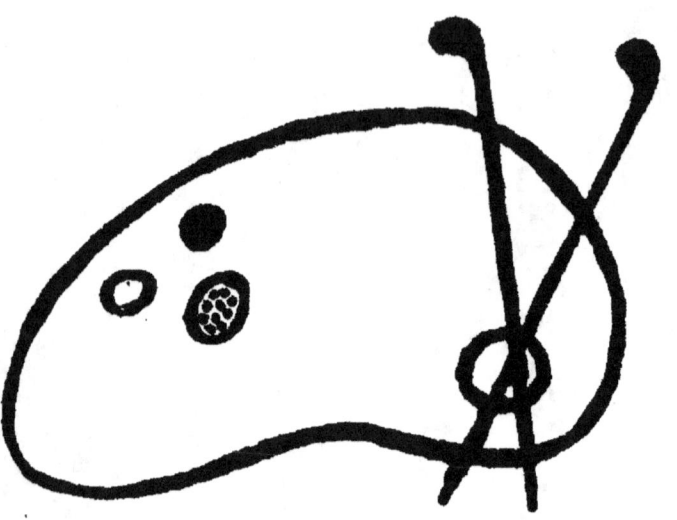

Fin d'une série de documents en couleur

PLANTEUR DE LA GUYANE

1re SÉRIE IN-12.

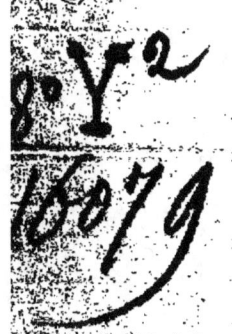

PLANTEUR DE LA GUYANE.

Emmerich fut épouvanté en voyant venir à lui
un énorme jaguar.   (P. 75.)

1ᵐ in-12.

LE
PLANTEUR
DE LA GUYANE

ou

LES NÈGRES CHRÉTIENS

Traduit et imité de l'allemand

PAR P. C. GÉRARD.

LIMOGES
EUGÈNE ARDANT ET Cie, ÉDITEURS.

LE PLANTEUR
DE LA GUYANE.

I

M. VANDERSTRATEN.

Vers la fin du siècle dernier, on voyait, sur les rives enchanteresses du Corentin, qui arrose les fertiles campagnes de Surinam, la magnifique plantation du riche Vanderstraten. Sa splendide demeure, bâtie sur une colline qui dominait les cases des nègres répandues dans la vallée, était entourée de jardins qui réunissaient tout ce que le ciel des tropiques peut produire de plus précieux et de plus recherché, et que l'esprit ingénieux de l'homme peut employer pour sa jouissance.

La maison du planteur se composait de deux étages; elle était bâtie en briques. Lorsque M. Vanderstraten était venu, il y avait trente années, échanger contre les solitudes de Surinam les richesses de la florissante ville d'Amsterdam, il avait fait construire cette maison sur le modèle de celle qu'avaient habitée ses ancêtres, et dans laquelle il avait trouvé le bonheur.

Ses navires portaient en Europe les riches produits de ses vastes plantations, et rapportaient des trésors en or et en argent monnayé, en échange de ses épices parfumées, de ses énormes balles de café, de ses caisses de sucre, de son tabac et de son coton, que ses nombreux esclaves cultivaient à la sueur de leur front, sans que le maître s'en occupât ou se donnât même la peine d'inspecter ses plantations et ses nègres. Il avait pour cela des commandeurs, et il abandonnait la direction de ses affaires commerciales à ses commis de

Paramaribo, qui lui rendaient des comptes à des époques régulières. Cette tâche, si légère, était encore trop lourde pour lui, et il attendait avec impatience l'arrivée de son neveu, à qui il avait écrit, il y avait un an, pour le mander près de lui. Ce neveu était le fils de sa sœur, qui, mariée à un négociant allemand, vivait assez péniblement depuis la mort de son époux. Il avait dix-huit à dix-neuf ans. Le planteur avait pour lui les intentions les plus bienveillantes ; il devait hériter de ses biens, et il serait regardé comme le fils de la maison.

M. Vanderstraten avait coutume de s'asseoir à l'ombre d'un bouquet de bananiers, le long desquels grimpait la vanille odorante, et se balançait nonchalamment dans son fauteuil ; à sa droite et à sa gauche étaient deux nègres armés de larges éventails de plumes, qu'ils agitaient pour rafraîchir le visage de leur maître, et ils éloignaient les insectes qui menaçaient de leur aiguillon la peau délicate de l'Euro-

péen. M. Vanderstraten fumait, dans une
pipe de terre, le tabac le plus fin que pro-
duisait sa plantation, et il regardait avec
complaisance les nuages de fumée bleue
qui remplissaient l'air de leur arome. Il
avait ôté son chapeau de paille à larges
bords, et ses pieds nus étaient posés sur
les genoux d'un esclave accroupi devant
lui, pour que les membres délicats du
maître ne touchassent pas le sol. C'était le
seul passe-temps de M. Vanderstraten.

Le soleil était arrivé au bout de sa carrière, lorsque l'on vit paraître à l'entrée
du bosquet un Européen de haute taille,
qui s'inclina profondément devant M. Vanderstraten et jeta un regard furtif sur les
nègres qui l'entouraient. Ceux-ci furent
effrayés à sa vue, et recommencèrent à
éventer leur maître avec plus d'activité
qu'auparavant. C'était Nicolas, l'inspecteur de la plantation, qui venait faire à
son maître un rapport sur les événements
du jour.

Nicolas était un homme grand et fort,

dont l'aspect seul eût suffi pour inspirer du respect aux nègres tremblants. Son visage bruni par le soleil du tropique, sa barbe noire qui tombait sur sa poitrine; le regard sombre et froid qui s'échappait de ses yeux; sa voix creuse, grave et menaçante, ne manquaient jamais de faire une profonde impression sur les pauvres nègres. De plus, son fouet de peau de bœuf, instrument redoutable, était toujours suspendu à sa ceinture, et était un signe de sa puissance; son bras vigoureux s'en servait avec une habileté remarquable; aussi Nicolas était-il plus redouté des nègres que le maître lui-même, qui, malgré ses cris fréquents et ses injures, ne pouvait renoncer à sa bonne nature hollandaise.

— Eh bien! Nicolas, demanda M. Vanderstraten en présentant à un nègre sa pipe vide, que l'esclave s'empressa de remplir derechef de tabac, qu'y a-t-il de nouveau? As-tu rentré le café qui vient d'être récolté? Comment fonctionne le nouveau moulin à sucre que nous avons fait si dispendieusement venir de Liége?

— La récolte de café, répondit Nicolas, est plus abondante qu'elle n'a jamais été, et vous pourrez en envoyer en Europe cent sacs de plus que l'année dernière. Quant au moulin à sucre, il ne peut pas nous servir, nous n'en tirons aucun parti; c'est ce qu'on peut appeler de l'argent perdu. Vous savez que je vous ai averti. Les innovations ne valent rien. Comment voulez-vous qu'en Europe on entende quelque chose à la construction des moulins à sucre? Vous auriez pu, avec l'argent de cette machine, acheter plusieurs esclaves.

M. Vanderstraten fit une grimace.

— Tu ne sais pas t'en servir, répondit-il avec vivacité. Je vais faire venir d'Amsterdam un mécanicien qui saura le faire marcher.

— Ce sera une dépense de plus et de l'argent perdu, répondit l'inspecteur avec une ironie mal comprimée. Vous êtes riche, et une dépense de quelques ducats en plus ne paraîtra pas, quand il s'agit d'une machine qui a déjà englouti plusieurs millions.

— C'est ce que nous verrons, Nicolas. Du reste, qu'y a-t-il de nouveau? demanda M. Vanderstraten d'un air grondeur.

— M. Geldern a fait annoncer que la nuit dernière on lui a volé un cochon gras On soupçonnait le nègre Wamba de ce larcin. J'ai fait fouiller sa case, et l'on y a trouvé le cochon mort, sous un amas de feuilles de bananier, dans un coin de sa cour. Je vous demanderai ce qu'il faut que nous fassions du voleur et du cochon.

— On rendra naturellement le cochon au voisin Geldern, et Wamba recevra, pour le punir de sa gourmandise, vingt coups de fouet, répondit M. Vanderstraten. Je veux le guérir de la manie de voler.

— Junon et Vesta se sont disputées au sujet d'un grain de verroterie, ajouta Nicolas après avoir écrit sur ses tablettes l'ordre que son patron venait de lui donner; Vesta a frappé Junon au visage et lui a cassé une dent, quoique le grain de verroterie appartînt à Junon.

— Ces gens-là sont enragés avec leurs rixes perpétuelles, dit M. Vanderstraten avec impatience. Vesta recevra dix coups de fouet et Junon cinq, parce qu'elle s'est battue, au lieu de venir se plaindre. Qu'y a-t-il encore?

— Zénon a déclaré que si quelqu'un l'appelait encore Zénon, au lieu de Germal, qui est son véritable nom, il lui briserait le crâne. Endymion l'a appelé aujourd'hui Zénon : ils se sont précipités l'un sur l'autre, la tête en avant, comme deux béliers; et si Zénon ne lui a pas brisé le crâne, il lui a donné un tel coup, qu'il est aujourd'hui malade dans sa case. Sa tête est aussi grosse qu'une pastèque.

— Zénon restera au cachot pendant trois jours, et dorénavant on ne l'appellera pas autrement que Zénon. C'est le nom que je lui ai donné, et je ne veux pas qu'il murmure; s'il résiste, le fouet lui apprendra à être docile. Je n'entends pas qu'il y ait aucune velléité d'orgueil dans ces têtes-là. As-tu fini, Nicolas?

—Pas encore, Monsieur. Il est arrivé un malheur dans le moulin à sucre. Hercule n'a pas pris de précautions et a eu la main droite broyée sous les cylindres. Heureusement, la main gauche et les os sont intacts.

— Vous le fustigerez jusqu'au sang, s'écria M. Vanderstraten avec colère et en élevant la voix. Hercule est un des nègres les plus forts et les meilleurs de la plantation; je lui ai donné tout récemment une récompense, et ce n'est pas sans intention que ce mauvais garnement s'est fait estropier. Je suis sûr qu'il ne veut pas travailler au moulin.

— Cela est vrai, Monsieur; tous les nègres ont la plus profonde horreur du moulin, et aiment mieux travailler tout le jour en plein champ qu'une heure au moulin. Je crois, au reste, qu'Hercule ne tardera pas à être guéri, et il pourra rendre de nouveaux services; mais je vous

promets que j'aurai soin qu'il ne s'estropie
pas une seconde fois.

En disant ces mots, le commandeur
brandit son terrible fouet, et son regard
sauvage fit bien voir qu'il n'épargnerait
pas le pauvre Hercule, qui, en ce moment
dans sa case, souffrait cruellement de sa
blessure.

— J'espère que tu as fini maintenant, dit
M. Vanderstraten, et que tu n'as plus de
mauvaises nouvelles à me donner?

— Pas encore.

— Allons, dit le planteur en allumant
une nouvelle pipe que lui présentait un
nègre, tu as sans doute quelque chose de
plus grave à me conter?

— Sans doute, plus grave, et bien plus
grave même.

— En ce cas, dépêche-toi.

— Je ne puis rien dire en présence de
ces gens-là, répondit Nicolas, dont le regard brillait d'un feu sombre.

— Retirez-vous, dit M. Vanderstraten

aux esclaves, en leur montrant du doigt l'entrée du bosquet

En un clin d'œil les nègres disparurent, ils étaient très satisfaits de pouvoir s'éloigner du terrible commandeur. Quand ils furent assez loin pour ne pas entendre sa voix, Nicolas se rapprocha du planteur et lui dit :

— Il faut mettre les armes en état et nous préparer à la défense. Les nègres marrons de la montagne s'agitent, et ils ne tarderont pas à se montrer.

— Qui t'a dit cela? demanda avec une inquiétude marquée M. Vanderstraten, dont le visage se couvrit d'une pâleur subite.

— Je n'en ai pas une certitude absolue, reprit Nicolas; je le suppose, d'après certains mots que j'ai surpris. L'attitude menaçante de quelques-uns de nos esclaves m'a déterminé à vous donner cet avertissement. Je suis bien convaincu que l'esprit de révolte fermente parmi nos nègres mêmes et menace d'éclater d'un moment à l'autre.

— Je suis sûr, s'écria M. Vanderstraten, en se levant avec précipitation, que l'esprit de révolte qui se glisse depuis quelque temps parmi les nègres est dû à ces gens qui pénètrent dans les cases sous le prétexte d'apprendre à lire aux esclaves et de leur enseigner les précoptes de l'Evangile. Si je pouvais en attraper un, il le paierait cher. A quoi bon qu'un esclave sache lire et ait la connaissance de Dieu? Qu'ils sachent cultiver comme il faut le coton et la canne, c'en est bien assez, plus qu'assez même. Mais il faut qu'on vienne leur parler de liberté, du respect dû à la dignité humaine, de leurs droits à la vie et à l'indépendance comme les blancs! Ce sont des doctrines subversives qui leur rendent odieux un esclavage que, sans cela, ils ne comprendraient pas. Voilà les beaux résultats de ces enseignements : au moment où l'on s'y attend le moins, on lance des brandons enflammés dans les plantations et au milieu des cases; l'incendie annonce l'arrivée des nègres marrons, qui trouvent des auxiliaires dans les nègres de l'habitation, et malheur au pauvre colon qui n'est pas sur ses gardes! Fais sur-le-champ monter un homme à cheval; fais-lui prendre le meilleur de mes écuries; qu'il aille à Paramaribo présenter mes civilités au commandant, et lui dire de m'envoyer un détachement aussi nombreux qu'il pourra. Tu peux encore envoyer d'autres exprès au fort d'Amsterdam et à celui de Bredemborg. Plus nous aurons de soldats, mieux cela vaudra. Les nègres marrons ne respectent rien. Quant à toi, aie soin de tenir les nègres avec plus de rigueur que de coutume. Que personne, sous quelque prétexte que ce soit, ne s'éloigne de l'habitation; car le premier qui aura l'audace de quitter sa case pendant la nuit sera fusillé sur-le-champ. Fais mettre en état la chaloupe canonnière, pour qu'elle puisse protéger un des côtés de notre plantation. Qu'on ne manque ni de poudre ni de plomb, pour que nous ne soyons pas pris au dépourvu. Chaque minute est précieuse, quand on redoute de voir venir les marrons, avec leurs noirs desseins. Aie bien soin que les palissades qui entourent notre colline soient en bon état. Double de vigilance envers ces missionnaires. Si j'en attrape un, je l'enverrai à Paramaribo, où il sera jugé comme embaucheur de nègres. La religion est bonne pour les blancs; mais pour les noirs, ils n'en ont pas besoin.

Nicolas partit pour exécuter les ordres de son maître. Celui-ci, épuisé de tant d'efforts, et qui depuis longtemps ne s'était pas donné tant de peines, se laissa tomber dans son fauteuil, joignit les mains sur son ventre rebondi, et dit en soupirant :

— Si Emmerich était ici! Jamais je n'en ai eu besoin comme en ce moment, où pas un seul planteur n'est maître de sa vie.

II

LE NEVEU.

Comme le ciel, dans sa bonté, ne voulait pas qu'il manquât rien à la félicité de l'heureux planteur, dont tous les vœux étaient remplis à mesure qu'ils étaient formés, les plantes grimpantes qui retombaient en guirlandes de chaque côté du bosquet, de manière à former un berceau, s'écartèrent, et l'on vit paraître la figure douce, riante et éveillée d'un jeune homme d'environ dix-huit ans. Ses yeux bleus brillaient avec malice sous les boucles brunes de ses cheveux; sa bouche souriait avec ironie.

— Monsieur mon oncle, me voici, s'écria Emmerich en paraissant tout-à-coup devant M. Vanderstraten; c'est moi, ce neveu si impatiemment attendu. Je sais tout ce que tu as dit à ton commandeur, c:

jamais je n'aurais cru qu'un planteur pacifique pût avoir des intentions belliqueuses. Je voulais te surprendre, et c'est moi qui ai été surpris. Je t'apporte d'Europe mille compliments de ma mère.

La vue d'Emmerich rendit un peu de mouvement et de vie à M. Vanderstraten. Il poussa un profond soupir, saisit la main du jeune homme, la serra avec force, et lui dit avec un accent d'amitié :

— Sois le bienvenu à Surinam, mon cher neveu. Viens m'embrasser, mon garçon. Tu es un grand et beau jeune homme; j'étais comme toi, il y a trente ans, quand je vins ici. Comment se porte ma sœur, la bonne Marguerite?

— Aussi bien que toi, mon cher oncle, mais moins contente, répondit Emmerich en prenant une chaise qu'il vint placer près de son oncle, surpris et enchanté de voir l'air peu cérémonieux du jeune homme. Comprends-tu, mon oncle, que ma mère ne voulait pas me laisser partir? Il a fallu, pour qu'elle y consentît, que je lui promisse de revenir dans trois ans en te ramenant avec moi, si je puis. A cette condition, elle a cédé, mais ce n'a pas été sans verser des larmes. J'avoue que c'est une grande affliction de se séparer d'un fils qui paraît destiné à être le soutien de sa mère et de ses frères et sœurs. Sais-tu ce que je demande de toi? C'est de vendre tes plantations, tes nègres et tout ce qui en dépend, et de revenir avec moi en Europe. Tu as trois ans devant toi; tu n'as donc pas besoin de te presser. Si tu as vendu plus tôt, tant mieux. Ma mère n'en sera que plus contente. Je suis sûr que l'air tiède et tempéré de l'Allemagne conviendra mieux à ta santé que la chaleur étouffante de Surinam. Je n'ai jamais eu si chaud de ma vie que dans ce pays. Si cela continue, je crois que je fondrai tout entier.

—Allons, mon garçon, continue; tu n'as pas, comme on dit, la langue dans ta poche. A peine arrivé, tu parles de vendre mes propriétés et de retourner en Europe, comme s'il s'agissait de la chose la plus simple du monde. Il n'en sera rien, mon garçon. Nous n'abandonnerons pas pour cela ta mère et ta famille. Quant à nous, nous resterons ici tous les deux; j'aime mieux vivre dans ce pays brûlant que d'aller grelotter dans ta froide Allemagne. Nous avons, pour le moment, quelque chose de plus pressé que de songer à partir; et si je veux vendre mes biens, il faut que je commence par les conserver. Puisque tu nous as entendus, tu sais que nous sommes à la veille d'une irruption de nègres marrons.

— Qu'est-ce donc que ces nègres marrons?

— Comment! tu ne sais pas cela? Je crois que, dans ta vieille Europe, tu n'as pas appris grand'chose.

— Mon cher oncle, en Europe nous avons bien d'autres choses à faire que de songer à ce petit coin de terre, répondit Emmerich. Puisque me voilà ici, je désirerais connaître nos ennemis; quant à nos amis, je les connaîtrai bientôt.

— Les nègres marrons sont des esclaves fugitifs qui se retirent dans les parties les plus inaccessibles des forêts, où nul être vivant n'ose se hasarder; là, ils mènent une vie sauvage, se nourrissent des animaux des forêts qu'ils tuent avec leurs flèches empoisonnées, et, de temps à autre, ils descendent dans la plaine pour y piller. Dans leur fureur aveugle, ils ne respectent rien et tuent tout ce qui oppose de la résistance. On rapporte d'eux des choses à faire frémir. Dieu nous garde de faire connaissance avec eux!

— Vois-tu, mon oncle, en Allemagne, nous n'avons rien de semblable à craindre. J'espère que tu reviendras à de meilleurs sentiments et que tu te décideras à passer la mer avec tes trésors. Nous reparlerons de cela. Mais, dis-moi, est-ce que nos braves soldats hollandais ne peuvent pas donner la chasse à ces misérables?

— Quand ils descendent dans la plaine

et qu'on se tient sur ses gardes, ils s'en-
fuient à toutes jambes, malgré leur bravoure sauvage et leurs flèches empoisonnées; mais il est impossible de les poursuivre dans leurs montagnes et de les y
détruire; car il y a des grottes et des gorges profondes, dont le ciel nous garde!
Jusqu'à ce jour, ils m'ont épargné; mais je
crains bien que le calme dont j'ai joui ne
dure pas longtemps.

— Ma foi, mon cher oncle, tu me per-
mettras de te dire qu'il faut supporter le
mal qu'on a fait soi-même, répondit grave-
ment Emmerich. Si vous autres planteurs
aviez traité les nègres avec plus d'humanité, si vous leur aviez donné un peu
d'instruction et quelques notions de notre
religion, ils ne se seraient pas sauvés et
ne vous menaceraient pas aujourd'hui de
leur vengeance. Au reste, nous atten-
drons. Peut-être le danger n'est-il pas aussi
grand qu'il le paraît; et dans tous les cas,
nous pouvons nous défendre. Tu n'aurais
pas besoin de la milice, si tu pouvais

compter sur la fidélité de tes nègres, et que tu eusses assez de poudre; une balle porte plus loin qu'une flèche, et nous saurons bien tenir à distance ces mauvais garçons.

— C'est là la difficulté, répondit M. Vanderstraten en faisant une piteuse mine. Si l'on pouvait compter sur ces drôles! Mais à peine ont-ils entendu le cri de guerre de leurs noirs compagnons, qu'ils désertent ou font cause commune avec eux, surtout depuis quelque temps. Les châtiments les plus sévères ne servent à rien. Je connais des planteurs qui ont fait fustiger leurs nègres de la manière la plus cruelle, sans que cela ait eu le moindre résultat. Il y a deux mois à peine, les marrons ont détruit la riche plantation de M. Vandermeulen, sur les bords du Maroni, incendié sa maison, et lui ont donné la mort. J'ai redoublé de sévérité avec eux, et je veux être plus sévère encore; je serai impitoyable pour ceux qui paraîtront hésiter dans l'accomplissement de leurs devoirs.

Le jeune Emmerich secoua la tête et dit hardiment à son oncle :

— Avec toute ta sagesse, tu n'y entends rien, mon cher oncle; je te prie de ne pas prendre mes paroles en mauvaise part; mais je dois te dire que vous autres colons, vous êtes de bons planteurs et de mauvais chrétiens, et que vous faites à rebours de ce qu'il faut faire. Au lieu de laisser pénétrer parmi vos nègres les lumières de la foi, et d'en faire de bons chrétiens, vous les réduisez au désespoir par votre sévérité. C'est votre cruauté qui les force à chercher un refuge dans les montagnes et les porte à exercer contre vous de terribles représailles. La douce doctrine du Christ les rendrait meilleurs, et ils seraient reconnaissants envers le maître qui les traiterait avec douceur. Suis mon conseil, mon cher oncle, et je suis sûr que tu n'auras pas à te plaindre.

— Je vois, mon garçon, que tu n'y entends rien, répondit l'oncle en secouant la tête avec mauvaise humeur; il n'y a pas

moyen de *mener* ces gens-là sans le secours du fouet. Il faut y joindre les sup-
plices pour les tenir constamment en r
pect. L'air est froid, la nuit approche,
nous allons rentrer et parler d'autre chose,
de ta mère, de ta patrie, qui n'a pas,
comme la Guyane, l'inconvénient d'être
sans cesse menacée par les nègres.

M. Vanderstraten se leva, et, suivant
l'allée qui conduisait à sa maison, il re-
gagna son appartement. Emmerich le
suivit tout pensif, en murmurant :

— Quel pays et quels hommes ! un soleil
de feu et des cœurs de glace ! Ils ne veulent pas même accorder à leurs semblables
les consolations des vérités de la religion ;
ils ne veulent pas que ces pauvres esclaves
reconnaissent un Dieu de miséricorde et
trouvent consolation dans leur misère.
J'espère qu'il en sera autrement, si je puis
m'emparer du cœur de mon oncle, qui est
d'une nature bienveillante, mais que la
peur et l'exemple ont rendu cruel comme
les autres.

III

HERCULE.

Emmerich, suivant son oncle, tout pensif au milieu des plans qu'il formait pour le bien des pauvres nègres, était sur le point d'entrer dans l'habitation, quand un cri étouffé l'empêcha d'aller plus loin. Il prêta l'oreille, et le cri se répéta, arraché par la douleur et la souffrance. Emmerich partit en courant dans la direction de ce cri, sans penser à s'assurer de la protection de son oncle, qui était déjà entré, et sans s'excuser de disparaître si précipitamment. En peu de secondes, il atteignit une enceinte dans laquelle se trouvaient disséminées un assez grand nombre de cases à nègres; il sauta par-dessus, et il fut bientôt dans une vaste place où ses yeux furent frappés d'un spectacle horrible.

Au milieu d'un cercle formé par cent esclaves, on voyait un nègre jeune, de haute stature, attaché à un pieu avec des liens d'écorce, et dont le corps vigoureux tremblait sous les coups de fouet que lui appliquait, de toute la force de son bras, un blanc sans pitié. A chaque coup, une longue raie de sang apparaissait sur la peau du pauvre nègre, qui avait à peu près l'âge d'Emmerich. La douleur que lui arrachaient les coups se trahissait par des sanglots étouffés, qui remplirent de compassion le cœur du jeune homme. Il s'avança vers le commandeur et lui cria de cesser. Voyant que celui-ci ne s'empressait pas d'obéir, il s'élança sur lui, lui arracha le fouet de la main et lui en appliqua dans le visage un coup si violent, que ce dernier recula de quelques pas en chancelant.

— C'est une infamie, s'écria Emmerich, de traiter ses semblables avec une telle cruauté! Qu'on détache sur-le-champ cet infortuné.

Les noirs, à qui Emmerich apparut comme un ange consolateur, se précipitèrent sur la victime de la cruauté de M. Vanderstraten et la détachèrent du poteau pour la recevoir dans leurs bras, où elle tomba évanouie.

Pendant que ces choses se passaient, le commandeur, revenu de sa surprise, menaça du poing Emmerich, et il était disposé à le punir de son audace, quand celui-ci, qui ne paraissait nullement craindre la colère du terrible commandeur, se plaça devant lui et lui dit d'une voix ferme, en le regardant en face :

— Allez, malheureux; demain, je vous interrogerai en présence de M. Vanderstraten, mon oncle; et malheur à vous, si vous vous êtes comporté avec cruauté envers ce pauvre esclave!

En entendant Emmerich prononcer le nom de son oncle, la colère du commandeur tomba, et il baissa son bras levé pour frapper; il passa de l'irritation et de la menace à la soumission basse et rampante envers le jeune homme qui se présentait avec tant d'audace dans la plantation de M. Vanderstraten.

— Pardon, Monsieur, dit-il avec une humilité qui était assez mal déguisée pour que sa voix tremblât de colère, pardon d'avoir osé lever le bras sur le parent de mon gracieux maître; mais je ne vous connaissais pas, et vous m'avez troublé dans l'accomplissement de mes devoirs. Aujourd'hui, ce nègre s'est malicieusement fait écraser la main sous les cylindres du moulin à sucre, pour être désormais dispensé d'y travailler.

— Vous êtes un infâme! s'écria Emmerich avec colère; vous osez porter la main sur un homme qui est blessé d'une manière si dangereuse! Retirez-vous, ou je vous inflige le châtiment que vous aviez réservé à ce pauvre nègre.

Le commandeur jeta sur le jeune homme un regard sauvage, et, après avoir murmuré quelques paroles inintelligibles, il disparut.

Sans s'occuper davantage de lui, Emmerich se pencha sur le malheureux noir, prit la main qui n'avait pas de blessure et la pressa avec sympathie.

— Sois tranquille, lui dit-il, le misérable qui t'a frappé ne recommencera pas, ou il éprouvera les effets de ma colère. Mes enfants, portez-le dans sa case; je le soignerai moi-même, et le médecin de mon oncle mettra un baume bienfaisant eur ses blessures.

Pendant que les noirs poussaient des cris de joie en entendant parler de la sorte ce beau jeune homme blanc, le pauvre nègre serra la main d'Emmerich avec force; il s'échappa de ses yeux noirs un éclair dans lequel se peignait la reconnaissance d'une manière plus éloquente que n'aurait pu le faire le discours le plus éloquent.

Pendant que quelques-uns des esclaves les plus vigoureux emportaient le nègre évanoui dans sa case, d'autres se hâtaient d'aller chercher un médecin. Au même moment une vieille négresse parut et s'écria, en tirant de la poche de son pauvre vêtement une boîte de bois rouge :

— Restez, enfants, restez; la vieille Ginga avoir médecine à elle, plus forte que les onguents des docteurs; demain Hercule sera guéri.

Un sourd murmure se répandit parmi les esclaves. Ils firent place avec respect à la vieille négresse, qui se pencha vers le blessé, ouvrit sa boîte et en tira un onguent dont elle frotta ses blessures. Hercule fit un mouvement convulsif, trembla, et quelques instants après il ouvrit les yeux, et le sourire anima son visage. Ses premiers regards tombèrent sur Emmerich, qui se tenait près de lui comme un ange protecteur.

— O massa, lui dit-il en lui baisant la main, Hercule à toi, avec sang, vie et tout. Hercule se fera déchirer par jaguar et dévorer par serpent pour jeune maître. Hercule pas oublier ce que massa a fait pour pauvre esclave.

— Sois tranquille, lui dit Emmerich en souriant, ce que j'ai fait pour toi ne vaut pas la peine d'un remercîment; ce que j'ai fait, je l'eusse fait pour tout autre. Eloignez-vous, mes enfants, le blessé a besoin de repos. Maintenant, si le commandeur revient et vous menace, adressez-vous à moi. Tant que je pourrai vous protéger, il ne vous sera fait aucun mal. Bonne nuit.

Emmerich se préparait à regagner l'habitation, lorsque la vieille Ginga l'arrêta par le pan de son habit et le pria de lui montrer le creux de sa main. Emmerich lui présenta sa main en souriant, et la vieille examina avec attention les lignes qui y étaient tracées comme un profond sillon.

— Tout est bon, dit-elle en secouant la tête, très bon; beaucoup d'amour pour pauvres hommes; mais une ligne noire traverse la ligne de vie; garde-toi de l'homme blanc; toi rien à craindre des noirs, noirs bons pour jeune massa.

Homme blanc avoir mauvaises idées; toi, sur tes gardes.

— Merci de l'avertissement, merci; mais, vois-tu, noirs ou blancs, je me défendrai, si l'on veut me faire du mal; il y a là-haut, dans le ciel, un être plus puissant que les méchants et leurs ruses. Bonne nuit, enfants; et toi, pauvre Hercule, prompte guérison.

Emmerich s'éloigna, au milieu des bénédictions des nègres. Quoique la nuit fût venue, les étoiles éclairaient assez la voûte les cieux pour qu'il pût reconnaître au loin l'ombre de la maison de son oncle. Il était à quelques pas de la maison et passait devant un bouquet de bananiers, lorsqu'il entendit siffler une flèche qui vint se ficher dans le tronc d'un palmier, et si près de lui, qu'il pouvait l'atteindre en étendant la main. Il ne vit personne; mais il entendit remuer le feuillage et aperçut une ombre se glisser à travers les arbres; il resta incertain et sans savoir s'il devait continuer sa route ou poursuivre l'ombre qui fuyait devant lui. Il secoua sa tête bouclée, et dit, en se hâtant de regagner la maison :

— Ginga a raison, il faut être en garde contre les flèches des blancs.

En entrant dans la cour, il aperçut un chien dont il piqua la peau légèrement avec la flèche. Au bout de peu d'instants, la pauvre bête tomba sur le côté, eut quelques convulsions et expira.

— Allons, je l'ai échappé belle, se dit Emmerich : la flèche était empoisonnée.

Il brisa cette arme terrible, fit en terre un trou dans lequel il enterra la flèche et le chien, et recouvrit soigneusement l'un et l'autre de terre.

— Nous verrons ce qui arrivera. En attendant, mon oncle ne saura rien de cette petite aventure. Je ne pense pas que la vengeance de cet homme puisse, pour une injure et un coup de fouet, le conduire jusqu'à méditer un meurtre. Il y a cependant quelque chose là-dessous; mais, avec l'assistance de Dieu, qui m'a protégé contre une mort inévitable, nous connaîtrons bientôt la vérité; jusqu'à nouvel ordre, patience et discrétion.

Emmerich rentra en sifflant un air allemand, et fut accueilli par son oncle avec des reproches, à cause de la prolongation de son absence; il y mit bientôt fin par une excuse faite en termes convenables. Ils s'entretinrent fort avant dans la nuit de la mère d'Emmerich, de ses frères, de la belle Allemagne.

IV

LES MACHINES.

Le soleil levant éclairait à peine le sommet des montagnes voisines, que M. Vanderstraten frappait à la porte de son neveu et l'invitait à se lever pour aller faire une promenade dans la plantation. En un clin d'œil, Emmerich rejoignit son oncle et alla avec lui se promener dans le jardin. En y entrant, il ne rencontra parmi les nègres que des regards pénétrés de reconnaissance. Il leur fit un signe de tête d'amitié, causa un instant avec eux, sans faire attention à son oncle, qui marmottait qu'il ne fallait pas causer trop familièrement avec les esclaves.

— Mais, mon cher oncle, ce sont des hommes aussi bons que toi et moi, dit Emmerich en souriant; vois comme ils paraissent reconnaissants de l'amitié que je leur témoigne.

Un peu plus loin, ils aperçurent Nicolas, qui pâlit au moment où ses regards rencontrèrent ceux d'Emmerich. Le commandeur, s'adressant à M. Vanderstraten avec un malin sourire, lui demanda si le jeune monsieur allait prendre la direction de la plantation.

— Que veux-tu dire? repartit avec surprise M. Vanderstraten.

Nicolas raconta ce qui s'était passé la veille au soir.

Emmerich écouta en souriant l'accusa-

tion portée contre lui, et ne commença à
se défendre que quand son oncle lui eut
demandé sérieusement si le rapport du
commandeur était vrai.

— Très vrai, répondit Emmerich. Je n'ai
qu'un regret, c'est de ne l'avoir pas plus
sévèrement corrigé. Il oublie qu'il fusti-
geait le pauvre Hercule, déjà assez malheureux d'avoir été, dans son service,
privé de l'usage de sa main. Remerciez
Dieu, Monsieur, dit Emmerich au commandeur, de ce que je n'ai pas parlé de
certaine action criminelle. Si vous dites
un mot de plus, je raconterai à mon oncle
des choses qui pourront avoir pour vous
des conséquences fâcheuses. Je suis ici, et
je promets de veiller au respect du droit et
de la justice.

Le commandeur frissonna en entendant
Emmerich parler de la sorte, et se mit de
côté pour le laisser passer. M. Vanderstraten dit :

— Neveu, neveu, ne te fâche pas avec
le commandeur. Sans lui et son fouet,

nous ne serions pas un seul instant sûrs
de notre vie. Il a eu tort de fustiger Hercule; il aurait pu attendre qu'il fût guéri;
mais toi, neveu, tu ne devais pas inter-
venir, puisque tu ne savais rien de ce qui
s'est passé. Je t'aime, mon garçon, parce
que tu as un cœur honnête et que tu es le
fils de ma sœur; mais, je t'en prie, ne te
fâche pas avec mon fidèle Nicolas.

— Je vous remercie de votre amitié,
mon cher oncle; mais s'il me fallait la
payer par des bassesses, je préférerais retourner sur-le-champ en Allemagne, plutôt
que de voir de sang-froid des cruautés
semblables à celles dont j'ai été témoin, et
qui m'ont déchiré le cœur. Décidez-vous;
je ne comprends pas qu'on plaisante dans
des circonstances qui intéressent si profondément la conscience.

M. Vanderstraten ressentit, en entendant ces paroles, un premier mouvement
de colère; et, s'il eût suivi cette première
impulsion, il eût sur-le-champ fait embar-
quer le jeune homme pour l'Europe; mais

quand il vit l'air noble et généreux de son neveu, qui était le portrait frappant de sa mère, il se radoucit et lui dit :

— Allons, allons, mon cher neveu, n'aie pas tant de chaleur ; avec le temps, tu deviendras plus sage ; je ne veux pas te faire partir pour un coup de tête. Allons, viens, Emmerich.

Le jeune homme ne tarda pas à oublier la scène qui venait de se passer, et suivit son oncle, qui s'arrêta devant des espèces de vastes hangars, sous lesquels on voyait des cylindres, des roues dentées, enfin tout un appareil mécanique.

— Tu vois cet emplacement ? il me coûte assez cher, dit M. Vanderstraten en soupirant ; j'y ai enfoui bien des milliers de ducats de Hollande, que j'ai, comme on dit, jetés par la fenêtre. Ces machines, que j'ai fait à grands frais venir de Liége, ont fait un trou dans mon coffre-fort.

— Ces machines sont-elles incomplètes ou brisées ? demanda Emmerich en regardant avec étonnement un immense amas de fer.

— Nullement. Tout cela est bien entier; mais personne ne s'entend à faire marcher cet appareil compliqué; j'ai eu confiance en vos fripons de mécaniciens, qui m'ont envoyé des descriptions fort minutieuses sur la manière de monter ces machines. Quand elles sont arrivées, nous n'en avons rien pu faire; j'ai été l'objet des sarcasmes de mes voisins, qui se sont moqués, avec juste raison, de mes innovations, et ont vu avec un malin plaisir l'argent que j'ai enfoui dans ces machines.

— Rira bien qui rira le dernier, mon cher oncle, répondit Emmerich en regardant avec attention les pièces nombreuses qu'il avait sous les yeux. Tiens, voilà les pièces d'une scierie mécanique; ici, ce sont des pièces détachées d'un moulin à sucre; cela est une machine à vapeur de la force de vingt chevaux. Eh bien! mon oncle, que me donnes-tu, si je fais fonctionner tout cela?

— Tu veux plaisanter, mon ami! répondit M. Vanderstraten, moitié en riant, moitié fâché. Crois-tu que toi, qui es sans expérience de toutes ces choses, tu pourras tirer parti de toutes ces ferrailles? La rouille en a déjà détruit une partie, et je ne désire rien tant que de n'en plus avoir un seul morceau sous les yeux.

— Je ne plaisante nullement; je te demande ce que tu me donneras si, avec l'aide d'une douzaine d'esclaves, je fais fonctionner ces machines d'ici à quinze jours.

— Eh bien! tu auras la moitié des profits.

— Je ne demande pas tant; je veux que tu me donnes le pauvre Hercule, que ton misérable commandeur a si cruellement maltraité.

— Non-seulement tu l'auras, mais encore une douzaine d'autres, s'écria avec joie M. Vanderstraten, si tu tiens tà parole.

— Il faut commencer aujourd'hui par

déterminer la place que devront occuper ces machines, et choisir les gens qui devront m'aider. Il me faut des hommes vigoureux.

— Tu as le choix, répondit M. Vanderstraten; prends-en autant que tu voudras.

Emmerich se mit sur-le-champ à l'œuvre; sur l'ordre de son oncle, il fut mis à sa disposition vingt-quatre nègres des plus forts, et plus d'une fois M. Vanderstraten ne vit son neveu qu'aux heures des repas.

Les quinze jours n'étaient pas écoulés, lorsqu'un soir Emmerich prit son oncle par la main et le conduisit sur l'emplacement où se trouvaient les machines. La chaudière de la machine à vapeur bouillait, les roues tournaient avec une grande rapidité, et sous ce rapport déjà le neveu avait tenu parole. La machine à vapeur fonctionnait avec une admirable régularité; les cylindres écrasaient la canne, et un mécanisme très simple empêchait que les esclaves ne fussent entraînés sous les cylindres, comme cela avait failli avoir lieu pour le pauvre Hercule. Les machines étaient bien ce qu'on avait annoncé.

—Bravo! mon cher neveu, s'écria l'oncle avec admiration; ce que tu viens de faire là me représente le travail de cinquante esclaves. Mais dis-moi comment tu as fait pour mettre toutes ces pièces si promptement en état.

—Cela n'est pas étonnant, mon cher oncle; j'ai étudié la mécanique en Europe, et je suis familiarisé avec l'ajustement des machines. Puisque le tout marche si bien, je demande à en avoir la direction jusqu'à ce que tu aies choisi un habile conducteur.

—Nul autre que toi ne s'en occupera; je vois que tu es un habile garçon, digne de toute ma confiance. A l'avenir, je veux que tu me remplaces; mes esclaves et mes commandeurs seront sous tes ordres.

Emmerich ne répondit rien; mais son cœur bondit de joie; il pensa au bonheur qu'il aurait de pouvoir améliorer la condition de ces pauvres noirs, dont le sort lui inspirait la plus profonde pitié.

V

LE COMMANDEUR.

Pendant qu'Emmerich était occupé à monter ses machines, les blessures d'Hercule se guérissaient. Un jour, un jeune nègre vint se jeter aux genoux d'Emmerich; celui-ci reconnut sur-le-champ son protégé, le salua avec affabilité et lui annonça que désormais il allait l'avoir pour maître.

— Lève-toi, Hercule, lui dit-il; à partir d'aujourd'hui, tu n'es plus esclave, tu es un homme libre, et, en cette qualité, tu ne dois pas fléchir le genou devant un homme, mais seulement devant Dieu. Mon oncle t'a donné à moi, et moi je te donne la liberté.

On se représenterait difficilement l'étonnement, la joie du pauvre nègre en entendant ces paroles; il lui semblait recevoir un message du ciel. Il jeta sa bêche loin de lui, et s'écria avec enthousiasme :

— Hercule libre! Hercule, homme libre, li plus craindre le fouet du commandeur

Il se jeta de nouveau aux pieds d'Emmerich, et lui dit :

— Hercule est libre, mais Hercule toujours esclave de toi; Hercule mourir pour maître à li, et li pas quitter maître blanc.

— Je ne puis accepter, mon cher Hercule; je ne t'ai pas donné la liberté pour que tu restes esclave. Mon oncle te donnera un coin de terre; tu y construiras une case, et tu vivras en homme libre.

Hercule secoua la tête.

— Moi pas quitter massa Emmerich; Ginga a dit danger menacer petit blanc; Hercule avec li toujours.

— Tu es un enfant, Hercule, dit Emmerich en souriant. Si tu restes près de moi, ce sera comme ami, et non comme esclave. Tu as un noble cœur, Hercule, et tu mérites mon affection. Viens que je t'embrasse. Je ne souffrirai pas que tu restes à mes pieds.

Hercule hésitait encore. En effet, c'était alors pour un noir une chose inouïe que d'embrasser un blanc. Emmerich le pressa dans ses bras.

— Massa, s'écria Hercule en s'arrachant à ses embrassements, moi ami de toi, malheur à qui te toucher! Pas blanc, pas noir, personne pas toucher massa, tout le monde aimer massa.

Après avoir prononcé ces mots, Hercule disparut dans un petit bouquet de bois qui était près du lieu où se passait cette scène. Il y avait dans le langage du nègre quelque sens mystérieux qu'Emmerich cherchait à découvrir, quand il fut tiré de sa rêverie par le son d'instruments de musique militaire. Il se dirigea vers le lieu d'où venait le bruit, et aperçut un bataillon de soldats hollandais qui vint se ranger en ordre devant la maison de son oncle.

M. Vanderstraten alla au-devant d'un

officier qui se dirigeait vers la porte avec
ses dépêches, et le reçut avec politesse. Il
donna l'ordre de distribuer des rafraîchis-
sements aux soldats.

Le commandeur Nicolas, dont la conduite était l'objet de toute l'attention dé-
fiante d'Emmerich, engagea sur-le-champ
une conversation intime avec les soldats.

— Mes enfants, leur dit-il, nous avons
plus à faire avec nos propres esclaves
qu'avec les nègres marrons. Nous avons
ici un béjaune venu d'Europe, qui, par sa
sotte conduite, les empêchera de nous
écouter; vous ne tarderez pas à vous en
apercevoir.

Emmerich s'approcha de Nicolas, et lui
frappa froidement sur l'épaule. Celui-ci, se
retournant brusquement, fut surpris de
voir son jeune maître si près de lui.

— Commandeur Nicolas, sachez donc
un peu mieux retenir votre langue; j'ai
bien voulu oublier votre audace; mais je
ne la souffrirai pas une seconde fois.

Nicolas s'éloigna, et Emmerich n'eut pas

de peine à ramener les soldats à d'autres sentiments.

Tandis que les soldats se reposaient, M. Vanderstraten, Emmerich et l'officier, retirés dans la partie la plus fraîche des appartements de l'habitation, s'entretenaient des marrons et du danger de leurs incursions.

— Nous n'avons, pour le moment, rien à craindre d'eux. Nicolas a pénétré jusque dans leurs plus secrètes cachettes, et rien ne lui a fait supposer qu'ils méditassent une attaque générale. Cependant votre présence ici est nécessaire, capitaine; car Nicolas est sur la tace d'une conspiration parmi nos propres esclaves; ils tiennent des réunions nocturnes; il n'a pas encore pu découvrir leurs retraites, mais nous ne tarderons pas à savoir la vérité sur ce sujet. On entourera le lieu où ils s'assembleront; toute la bande sera prise, les chefs pendus, les autres condamnés aux fers, au pain et à l'eau pendant quelques semaines, et nous serons sûrs de la tranquillité pendant quelques années.

Emmerich, secouant la tête d'un air de doute, dit à son oncle :

— Je n'ai nulle confiance en Nicolas, et je ne crois pas un mot de tout ce qu'il dit. Il n'a aucune bonne intention ni avec toi ni avec les noirs; il en est de même de moi, et j'en ai des preuves irrécusables.

— Tais-toi, mon ami, tu n'y entends rien; tu t'entends mieux à faire mouvoir des mécaniques qu'à éventer des complots d'esclaves; il faut pour cela être plus rusé que tu ne l'es; je suis sûr que nos nègres trament quelque chose; il faut donc opposer la ruse à la ruse.

— Le chemin le plus direct est le meilleur, dit Emmerich; pourquoi ne réunis-tu pas tes nègres et ne leur demandes-tu pas la cause pour laquelle ils se rassemblent pendant la nuit? Promets-leur le pardon, et, si tu n'apprends pas tout, tu gagneras au moins leurs cœurs.

— Essaie donc d'employer la douceur

avec cette race perverse! s'écria M. Vanderstraten avec un sourire ironique.

— Eh bien! oui, répliqua vivement Emmerich, je suivrai tes conseils, et nous
verrons qui de nous deux a raison.

Emmerich, quittant aussitôt l'appartement, rencontra Nicolas, dont l'air stupé-
fait annonçait qu'il avait entendu tout ce
qui s'était dit. Il lui lança un regard indi-
gné et se dirigea vers les cases. Il demanda
Hercule; mais personne ne l'avait vu. Emmerich fut très désappointé de ce contre-
temps, et il alla dans son appartement
pour réfléchir à son projet. En entrant, la
première personne qu'il vit fut Hercule,
occupé à polir les armes dont M. Vanderstraten avait orné la chambre de son
neveu.

— Eh bien! Hercule, es-tu aussi habile
à tirer qu'à polir des armes?

— Hercule tué des lions et des pan-
thères dans pays à li, répondit le nègre
avec orgueil. Flèche donner la mort aux

bêtes sauvages; le fusil meilleur que la flèche. Déjà tué jaguar ici avec fusil.

— Tu as pénétré dans les forêts de ce pays? J'en suis très content; j'ai bien envie de faire une promenade et une chasse avec toi un de ces jours.

— Moi tué jaguar, cabiai, pécari, petits oiseaux, tout, s'écria Hercule, et prendre aussi les chats sauvages.

— Les chats sauvages?

— Oui, mauvais chats qui ont les griffes retirées. Mère Ginga a tout dit, pas faire de mal, Hercule veille.

Emmerich chercha vainement à pénétrer le secret du nègre : il n'y put parvenir. Hercule se contenta de lui répondre :

— Vous voir bientôt de vos yeux.

— Eh bien! Hercule, j'ai confiance en toi. Dis-moi, tes camarades tiennent des assemblées nocturnes? Qu'y fait-on?

Hercule baissa les yeux et fut quelque temps sans répondre; enfin il dit en soupirant :

— Pauvres nègres pas faire de mal.

— J'en suis convaincu; mais mon oncle croit le contraire; je tiens à savoir la vérité.

— Hercule pas parler, répondit le nègre. M. Vanderstraten pas méchant, mais Nicolas méchant. Si apprendre ce que nègre fait, li avoir le fouet, li mourir. Hercule se taire.

— Mais moi, qui suis ton ami, tu te tairas aussi avec moi? reprit Emmerich d'un air de reproche. Crois-tu que je voudrais vous trahir? Non, je veux vous protéger. Tu peux te fier à moi.

Le nègre résista pendant quelques instants. On reconnaissait à son hésitation qu'il était retenu par un serment.

— Massa savoir tout, dit-il enfin, et revenir.

En disant ces mots, Hercule disparut, Emmerich l'attendit une grande heure. Enfin il revint hors d'haleine et baigné de sueur.

— Hercule pouvoir parler; tout dire; li

obteni permission de père à li. Massa pro-
mettre de rien dire?

— Je te le promets, lui dit Emmerich en
lui serrant la main avec force.

Hercule le pria d'attendre jusqu'à minuit, heure à laquelle il viendrait l'appeler
pour qu'il pût se convaincre par lui-même
que les esclaves ne tramaient rien contre
leur maître.

Quand le nègre se fut éloigné, Emmerich
resta dans sa chambre, fort préoccupé de
ce qui devait se passer dans cette nuit si
impatiemment attendue. Au moment où
l'obscurité commençait à couvrir la terre,
M. Vanderstraten fit appeler son neveu et
lui dit de venir prendre part à l'entretien
qu'il avait avec l'officier hollandais. Emmerich s'en fût volontiers dispensé, s'il
n'eût aperçu dans la société de son oncle
le sombre Nicolas. Il s'assit donc à la table
où M. Vanderstraten paraissait l'avoir à
dessein réuni au commandeur, dans le but
d'amener un rapprochement entre eux. Il
repoussa toutes les avances du comman-

dcur, qui finit par le laisser tranquille;
mais pour lui mettre l'esprit à la torture,
il raconta tous les mauvais tours des
nègres, que M. Vanderstraten et l'officier
paraissaient écouter avec plaisir, tandis
que le cœur d'Emmeriche se soulevait
d'indignation. Il essaya de prendre leur
défense, mais il fut bientôt forcé de garder le silence.

A onze heures et demie, il se leva et prit
congé de la société. Il était à peine parti,
que Nicolas se retira à son tour et vint se
percher sur un arbre d'où il pouvait plonger ses regards dans la chambre d'Emmerich, qui avait allumé sa lampe et
s'était jeté tout habillé sur son lit.

— Il ne tardera pas à venir, murmura
Nicolas; je connaîtrai le lieu de réunion
des nègres; et une fois que j'en aurai eu
raison, je serai bientôt maître de cet im-
pudent Emmerich, à qui je ne pardonnerai
pas le coup de fouet qu'il m'a donné à travers le visage.

Au bout d'un quart d'heure, Hercule

parut; il marchait sur la pointe des pieds, et venait chercher Emmerich pour le faire assister à la réunion des nègres; il regarda de tous les côtés sans apercevoir Nicolas, qui était caché dans l'épaisseur du feuillage.

— Va, va, méchant noir, regarde bien de tous les côtés; bientôt je connaîtrai votre secret.

Hercule ramassa une petite pierre et la jeta dans les carreaux d'Emmerich. Celui-ci parut à la fenêtre, et le nègre lui dit à voix basse que l'heure de l'assemblée était arrivée. Le jeune homme sortit rapidement et partit avec Hercule. Quand ils furent assez loin pour ne pas entendre le bruit de ses pas, Nicolas descendit de son arbre et les suivit à la piste en prenant toutes les précautions imaginables pour n'être pas entendu. Il les perdit cependant bientôt de vue; et au moment où il désespérait de les retrouver, un bruit confus de voix vint frapper son oreille.

— Enfin, je les tiens, dit-il; je vois que

le hasard fait souvent plus que l'habileté. Qui aurait pu penser qu'ils se réunissaient dans leurs cases? Moi qui les cherchais dans la profondeur des forêts, je ne supposais pas qu'ils fussent si près de moi. Ce qui me console, c'est que je vais faire prendre à la fois notre jeune fou avec toute la bande.

Nicolas alla trouver M. Vanderstraten, qui, encore à table avec l'officier, lui parlait avec enthousiasme de la belle ville d'Amsterdam, sa patrie.

Aux premiers mots que lui dit le commandeur, M. Vanderstraten se leva précipitamment de sa chaise et s'écria, en regardant alternativement Nicolas et l'officier :

— Est-ce vrai, Nicolas?

— Aussi vrai que je suis ici, reprit le commandeur, les drôles sont réunis; il ne faut qu'un détachement pour les prendre tous.

— Va éveiller mon neveu, dit le colon au commandeur. Quant à nous, monsieur l'officier, ne tardons pas à prendre les mesures nécessaires pour mettre les drôles hors d'état de nuire.

L'officier partit sur-le-champ pour rassembler ses hommes en silence devant la maison.

Nicolas, resté près du planteur, lui dit avec un sourire dans lequel se peignait la malice :

— Monsieur, votre neveu était très fatigué, et il trouvera sans doute mauvais qu'on le réveille.

— Tu as raison, laissons-le dormir; car il serait capable de vouloir encore justifier ces diables de noirs.

Au bout de quelques minutes les soldats étaient rassemblés devant la maison, et l'officier, M. Vanderstraten et le commandeur se mirent à leur tête et marchèrent au pas accéléré vers la case où Nicolas avait surpris les nègres réunis. En un clin d'œil elle fut entourée de sorte que personne ne pût s'échapper. Quand tout fut prêt, Nicolas frappa à la porte.

— Ouvrez, ouvrez! s'écria-t-il. Si vous hésitez, la case va être mise en feu.

— Eh! pourquoi pas? s'écria une voix claire que M. Vanderstraten reconnut pour celle de son neveu. Que celui qui a quelque chose à demander ici entre, mais je défends qu'on mette le feu.

Le commandeur arracha la porte avec la rapidité de l'éclair, entra dans la case avec l'officier et M. Vanderstraten. Ils n'y trouvèrent qu'Emmerich et Hercule, assis à une table grossière et regardant avec surprise les nouveaux venus.

— Trahison! s'écria le commandeur. Il n'y a qu'un instant, la case était remplie de nègres.

Il n'avait pas achevé, qu'un vigoureux coup de poing d'Emmerich le renversa par terre.

— Misérable! s'écria le jeune homme, peux-tu oser offenser mon oncle en ma personne, en me donnant le nom d'esclave!

Nicolas ne répondit rien; il secoua la poussière dont il était couvert et se retira en lançant à Emmerich un regard courroucé. Quoique M. Vanderstraten n'approuvât pas la précipitation de son neveu, il trouva que l'injure faite à Emmerich par le commandeur avait dépassé toutes les limites.

— Mon cher neveu, tu porteras les choses si loin, que Nicolas me quittera et cherchera un autre maître. Comment alors me donneras-tu un commandeur aussi fidèle?

— Ce sera, ma foi, mon cher oncle, plutôt un profit qu'une perte, si Nicolas sort de ta maison; et je pense que, par-dessus le marché, j'aurai des droits à ta reconnaissance; car ton commandeur est un mauvais garnement.

— Sévère à l'égard des esclaves, mais fidèle à son maître; et c'est une qualité plus précieuse que tu ne peux le supposer. Il est évident pour moi qu'il a vu de ses yeux les nègres se rassembler ici. Je le demanderai seulement à toi comment il se fait que tu te trouves ici, quand tout le monde te croyait endormi; peux-tu justifier ta présence?

— Je n'ai pas besoin de me justifier, répondit Emmerich avec orgueil. Je suis venu ici pour voir de quelle nature était cette assemblée; elle a eu lieu, en effet; il ne s'agit pas de conspiration, mais d'un tout autre objet.

— Je pense, reprit M. Vanderstraten en fronçant le sourcil, que tu ne refuseras pas de me dire ce que tu as vu et entendu ici?

— Mon Dieu, je puis tout te dire. Il y a quelques instants, les esclaves étaient réunis ici pour lire en commun les saintes Ecritures; voilà ce que j'ai entendu : « Aime ton prochain comme toi-même. — Rends à César ce qui appartient à César. » En un mot, cette réunion était celle de nègres chrétiens qui priaient en commun, jusqu'à ce que la présence de Nicolas les eut obligés à se séparer. Il a beau être rusé, on l'est au moins autant que lui; et ni toi ni lui n'auriez su la vérité, si je ne m'étais donné la peine de venir ici.

En entendant ce simple et véridique récit, M. Vanderstraten resta frappé de surprise.

— Je n'aurais jamais cru, s'écria-t-il, que mon neveu fît cause commune avec mes ennemis. Nomme-moi les misérables qui se sont réunis, et je te promets de te pardonner; si tu refuses, cette nuit même tu te prépareras à partir pour l'Europe.

— Allons, mon cher oncle, tu ne le ferais pas. Si je te disais ce que tu me demandes, il faudrait que je fusse un vil esclave, comme l'a dit ton commandeur, et ce ne sera pas, mon oncle; je n'ai rien autre chose à te dire que ce que tu sais déjà.

— Eh bien! tu t'en iras. Celui qui se ligue avec mes ennemis ne mérite pas le nom de mon fils.

— Soit, mon cher oncle, je m'en irai, dit Emmerich en se levant; seulement n'oublie pas mes dernières paroles : tu n'as pas d'amis plus dévoués que ces pauvres

nègres chrétiens que tu persécutes, pas de
plus grand et de plus perfide ennemi que
ce Nicolas à qui tu donnes ta confiance.
Adieu, mon cher oncle. Hercule, suis-moi.

Emmerich se préparait à quitter la case,
quand M. Vanderstraten, qui se sentait
subjugué par la ferme mais respectueuse
résistance de son neveu, lui cria :

— Allons, mon fils, reste. Faut-il se
fâcher pour un mot dit avec vivacité!

— Tu as raison, mon oncle; tu ne voudrais pas, pour l'honneur de ta famille,
que je trahisse des infortunés qui m'ont
accueilli avec confiance!

— Eh bien! garde ton secret; si tu es
mêlé à un complot dirigé contre moi, que
le ciel se charge du soin de ma vengeance.

Emmerich se jeta dans les bras du planteur en lui disant :

— Tu n'as rien à craindre; tu as, au
contraire, dans ces hommes des amis dévoués. Quand tu les connaîtras, tu seras le
premier à faire venir ici un prêtre pour
leur donner l'instruction religieuse qui

leur manque. Bonsoir, mon oncle, dors en paix; des cœurs fidèles veillent sur toi, sans qu'il soit pour cela besoin de la sévérité d'un commandeur.

— Va te coucher, serpent tentateur, dit M. Vanderstraten à son neveu. Tu ne sais pas qu'avec ces hommes la rigueur est nécessaire; au reste, quelles que soient tes idées à ce sujet, j'ai toute confiance en ton amour pour moi et en ton honnêteté. Mais si j'ai fait ma paix avec toi, je ne suis pas encore réconcilié avec ces chrétiens clandestins. Dis-leur qu'ils se tiennent sur leurs gardes; car si je les attrape, il leur en cuira.

M. Vanderstraten partit avec l'officier, qui avait assisté à cette scène plein d'une muette surprise.

— Hercule, dit Emmerich au jeune noir en lui serrant la main, ne crains rien pour tes frères. Mon oncle a le cœur bon; je le ramènerai à d'autres sentiments, malgré les efforts de la perversité.

Nicolas, qui épiait ce qui se passait,

caché derrière un bananier, dit tout bas, en suivant Emmerich du regard :

— J'y perdrai la vie, ou je me vengera de lui.

VI

UNE AVENTURE DE CHASSE.

Quelques semaines s'étaient écoulées depuis ces derniers événements; on n'entendait plus parler des nègres marrons, depuis qu'il y avait une garnison dans la plantation de M. Vanderstraten, et Hercule lui-même croyait qu'on n'avait rien à en redouter; c'est pourquoi il engagea un jour Emmerich à venir faire avec lui une partie de chasse dans la montagne. Nos deux amis mirent leurs armes en état, fondirent des balles, remplirent leur poire à poudre.

Le projet de partir le lendemain pour la chasse était bien arrêté, quand la vieille Ginga voulut s'y opposer.

— Massa pas aller montagne, dit-elle en secouant la tête.

Hercule dit à la vieille quelques mots dans sa langue nationale, et il parut consterné de sa réponse.

— Massa pas aller chasser aujourd'hui, et attendre quelques semaines.

— Pourquoi cela? demanda Emmerich.

— Les nègres marrons courent dans la montagne; pas connaître maître à moi; li tirer à massa une flèche empoisonnée, avant qu'Hercule soit là.

Emmerich, qui s'était fait une fête de cette partie de chasse, parut désespéré de cette résolution. Comme il ne voulait pas cependant risquer inutilement sa vie, bien convaincu que les nègres connaissaient mieux que lui le danger qu'il courait, il lui vint à l'idée d'emmener avec lui des chiens, dont l'odorat subtil l'avertirait de l'approche de l'ennemi. Il communiqua cette idée à Hercule.

— C'est possible; mais toujours danger!

— Dieu veillera sur nous, répondit Emmerich. Tiens-toi prêt, demain nous partirons à l'aube du jour.

Ginga secoua la tête d'un air de doute, puis elle tira de sa poche une tablette sur laquelle étaient grossièrement tracées des figures d'animaux; elle l'offrit à Emmerich en lui disant :

— Massa, li est bon pour pauvre nègre, li bon pour massa. Prendre li. Si voit danger, montrer li à nègre marron; li voir que massa est protégé par Ginga. Li craindre fétiche à Ginga et pas faire mal à massa.

Emmerich prit la tablette, bien qu'il ne crût pas qu'elle pût lui être d'une grande utilité; car il ne pouvait supposer que la vieille mendiante eût la moindre influence sur ses compatriotes. Quant à Hercule, il parut rempli de joie et n'hésita plus à suivre son ami dans les gorges des montagnes.

— Nous sauvés, Ginga donné fétiche à massa

— Quoique je ne croie pas à la vertu du talisman de Ginga, je vais le garder, ne fût-ce que pour ne pas être ingrat envers elle.

— Massa se tromper, fétiche puissant, Ginga respectée par nègre marron; si li pas obéir à elle, arriver à li malheur. Avec fétiche, massa sûr de revenir sans accident.

Emmerich avait bien entendu dire qu'il y avait parmi les nègres des espèces de sorcières à la puissance surnaturelle desquelles on ajoutait beaucoup de foi. Il avait regardé ces récits comme des contes; mais il lui vint à l'esprit que Ginga pouvait être une de ces sorcières, et il n'eut plus le même dédain pour le fétiche qu'elle lui avait donné, dans la croyance qu'il pourrait lui être utile.

Emmerich annonça à son oncle que le lendemain il irait chasser dans la montagne.

— Que Dieu te protége! s'écria M. Vanderstraten. Quoique j'aie donné à Nicolas la permission d'aller demain à Paramaribo pour y visiter un parent, je ne veux pas m'opposer à cette partie de plaisir; je te recommande seulement de ne pas rester trop longtemps; car demain les troupes hollandaises nous quitteront, et je ne suis pas tranquille, quand je suis seul à la maison.

—Le commandeur s'en va, et les soldats aussi? dit Emmerich, qui se défiait toujours de Nicolas. Il serait peut-être convenable que je restasse ici. Pourquoi renvoies-tu les soldats?

— Ils ne veulent pas rester plus longtemps; et puis, Nicolas a dit qu'on n'avait rien à craindre des marrons. Non, tu partiras; je ne veux pas t'empêcher de prendre du plaisir. Aie seulement soin de ne pas rentrer la gibecière vide, parce que je me moquerais de toi.

Emmerich prit la résolution de ne pas se priver d'un plaisir après lequel il soupirait depuis longtemps; mais il eut soin de ne prévenir personne de son départ; aussi, quand ils partirent, tout le monde était plongé dans le sommeil.

A mesure qu'ils s'éloignaient de l'habitation, Emmerich pensait de plus en plus aux desseins pervers du commandeur. En entrant dans la forêt, ils entendirent les mugissements des jaguars et des pumas; les chiens, épouvantés, se rapprochèrent de leur maître. Nos deux chasseurs apprêtèrent leurs armes pour résister à toute agression. On entendait dans les profondeurs de ces forêts solitaires mille bruits divers qui produisaient sur l'esprit une impression profonde et remplissaient l'âme d'une secrète terreur. Plus d'une fois Hercule empêcha son jeune maître d'avancer, dans la crainte qu'il ne marchât sur quelque serpent venimeux. Les chiens, excités par la voix de leur maître, se lancèrent à la poursuite de quelque animal sauvage et disparurent dans l'épaisseur du fourré. Emmerich le suivit de toute la vitesse de ses jambes, et fut frappé de la majesté d'une nuit des tropiques. L'air était em-

baumé de mille senteurs; au firmament
brillait la croix du Sud, qui se détachait
comme des diamants gigantesques sur le
ciel d'un bleu sombre, et l'obscurité était
de temps à autre dissipée par la présence
subite d'insectes lumineux qui répandaient
un éclat vif et passager. Tout était neuf
pour lui, et ce spectacle était si imposant,
qu'il oublia les dangers qui pouvaient l'attendre dans la solitude.

Peu à peu la nuit disparut, les ombres
furent dégagées par l'éclat du soleil levant,
les étoiles pâlirent, les animaux qui fai-
saient retentir l'air de leurs mille cris se
turent, et, après un court crépuscule, le
soleil inonda le ciel de lumière.

On ne pourrait redire de quelles sensa-
tions était agitée l'âme d'Emmerich; il ne
pouvait se lasser d'admirer le spectacle
qui frappait ses yeux. Les arbres étaient
chargés de fleurs magnifiques qui brillaient d'un éclat que rehaussait encore le
feuillage sombre de ces arbres.

Des singes agiles se balançaient sur les

lianes comme sur des escarpolettes, et, accrochés par la queue, ils restaient suspendus dans les airs, et regardaient nos deux voyageurs avec curiosité. On voyait à chaque instant des perroquets au plumage brillant fendre l'air de leurs ailes pesantes et aller en criant se percher sur les arbres où les appelaient les cris de leurs compagnons. Au milieu d'eux voltigeaient, comme des papillons diaprés, des colibris étincelants de mille feux. Emmerich était plongé dans un ravissement qui lui avait fait presque oublier le but de sa promenade.

— Eh bien! massa, et la chasse? li oublier les bêtes que li vouloir tuer? dit Hercule à Emmerich. Nous plus chasser quand le soleil est si haut, et massa Vanderstraten rire, si nous pas apporter gibier.

— Tu as raison, chassons.

— Quoi! massa vouloir tuer jaguar, puma, tapir, cabiai, agouti, pécari?

— Je voudrais d'abord tuer une couple de ces beaux oiseaux, dit Emmerich à

Hercule en lui montrant un ara bleu perché sur un arbre.

Il le coucha en joue, et il était sur le point de lâcher la détente, quand Hercule lui arrêta le bras.

— Massa, li pas tirer; faire du bruit, et li bête fuir, et plus revenir tous les oiseaux après.

— Tu as raison, lui dit Emmerich, je n'y pensais pas. Conduis-moi où tu voudras, je te suis.

Hercule conduisit son maître sur le bord d'un marais, et, l'ayant mis en embuscade derrière un énorme sycomore :

— Attention, massa; li jaguar veni là.

Il imita le cri du jaguar femelle, et, tenant les chiens en laisse pour qu'ils ne s'élançassent pas avant le temps sur le terrible tigre, qui les aurait mis en pièces, il apprêta son arme et dit à Emmerich d'en faire autant. On entendit bientôt un rugissement prolongé, accompagné de cris sauvages moins distincts.

— Nous couri danger, massa; mâle,

femelle et petits sont ensemble, c'est trop.

— Bah! je tirerai le mâle, tandis que tu tireras la femelle; ce sera une double bonne fortune.

— Pas sûr, massa, pas sûr; li animal bien méchant.

Emmerich fut épouvanté en voyant venir à lui un énorme jaguar qui poussait d'affreux rugissements. Hercule, qui avait l'habitude de cette chasse, ne perdit pas son sang-froid; il coucha le jaguar en joue, tira et fit rouler l'animal au milieu des roseaux. Quand il le vit à terre, il lâcha les chiens, qui s'élancèrent sur leur ennemi; mais celui-ci se dressa et prit une attitude menaçante. Au même moment, la femelle parut avec deux petits, gros à peine comme de jeunes chats.

— Pas tirer, s'écria Hercule; si massa manquer, tout perdre.

Il était trop tard, Emmerich lâcha son coup et manqua le jaguar, qui d'un seul bond s'élança sur lui et le terrassa. Le pauvre jeune homme se croyait perdu, quand il sentit le tigre détordre ses griffes et s'affaisser sur lui-même.

— Mort, le jaguar, s'écria Hercule en allant à l'autre, qui luttait en désespéré contre les chiens.

Il rechargea son fusil et fit rouler ce second ennemi dans la poussière.

Emmerich, qui avait été légèrement blessé au bras, se releva avec l'aide d'Hercule, et, malgré la douleur que lui causait sa blessure, il ne put s'empêcher de laisser éclater sa joie en voyant les deux tigres morts à ses pieds.

— Mon cher Hercule, je te remercie, tu m'as sauvé la vie.

— Massa pas besoin de remercier pauvre Hercule; massa sauvé Hercule du commandeur, et Hercule sauvé massa du tigre.

Le pauvre Hercule, qui avait jusqu'alors été occupé de sa victoire, fut effrayé en voyant le sang couvrir la manche de l'habit d'Emmerich; il lui ôta son vêtement, examina la plaie, et, après avoir reconnu qu'il n'y avait rien qu'une blessure superficielle, il lui appliqua quelques feuilles d'herbes propres à arrêter le sang.

— Nous retourner à l'habitation, dit-il à Emmerich. Massa se tenir tranquille, li bientôt guéri.

Avant de quitter le théâtre de sa gloire, Hercule dépouilla les deux tigres, et, prenant sous le bras Emmerich, que sa blessure faisait souffrir, il se dirigea avec lui vers l'habitation.

VII

LES NÈGRES MARRONS.

La blessure d'Emmerich cessa bientôt d'être douloureuse; mais, épuisé par la perte de son sang, il fut forcé de ralentir sa marche. Hercule, qui connaissait la forêt, le conduisit à travers les fourrés les plus épais, pour lui épargner la fatigue d'une longue et pénible marche sous un soleil de feu. Aussi le soleil était déjà près de terminer sa carrière, que les deux chasseurs avaient à peine parcouru la moitié du chemin.

Tout-à-coup les chiens poussèrent un long aboiement; une flèche siffla, et des hurlements se firent entendre de tous les côtés.

— Les marrons! s'écria Hercul Heureusement que flèche pas touché. Li poison, li mouri, si li blessé.

Il achevait à peine ces paroles, lorsqu'ils furent entourés par des nègres qui brandirent leurs armes et menacèrent de mort les deux amis qui se hasardaient sur leur territoire.

— Vite fétiche à Ginga, ou marrons tuer nous.

Emmerich tira de sa poche le talisman de Ginga. Hercule le lui arracha des mains, et, après l'avoir élevé au-dessus de sa tête, il dit aux marrons quelques mots dans la langue des nègres. A cette vue, les armes s'abaissèrent, l'air farouche des marrons fit place à un sourire de bienveillance, et un homme qui portait les insignes du commandant prit des mains d'Hercule le fétiche que lui avait remis Ginga, et s'écria :

— Li blanc sous protection de Ginga. Li blanc parti, li noir rester, li plus esclave de l'homme blanc.

— Il n'est pas mon esclave, répondit Emmerich; il est libre comme moi et est mon ami.

— Jamais li noir ami du blanc; moi croire plutôt le soleil froid que ce mensonge.

Hercule, qui était resté muet jusqu'alors, passa ses bras autour du cou d'Emmerich et l'embrassa. A cette vue, les nègres poussèrent des cris de joie.

— Massa blanc ami; li donné à pauvre Hercule liberté et terre; li défendu moi contre le fouet du commandeur. Si vous tuer li, tuer moi aussi. Hercule pas quitter son ami.

Le chef des marrons s'approcha d'Emmerich et lui dit :

— Puisque l'homme blanc ami des nègres, li aller où vouloir sous la protection de Baruc; li prendre ces plumes et mettre sur chapeau à li; pas un marron faire mal à li.

En disant ces mots, il détacha de son bonnet trois plumes, qu'il mit sur le chapeau d'Emmerich; puis il dit à lui et à son compagnon qu'ils pouvaient aller où ils voudraient. Nos deux amis partirent au milieu des cris de joie des nègres.

— Remercier Ginga, dont fétiche a sauvé massa; sans fétiche à Ginga, marrons tuer nous. Hercule pas sauver massa, sans fétiche à Ginga.

Le cœur d'Emmerich était plein de douces pensées. Il se promit d'user de toute son influence pour améliorer la position des pauvres esclaves de son oncle, et il lui tardait d'être arrivé pour lui raconter les aventures de la journée et lui faire admirer la conduite généreuse d'Hercule à son égard, ainsi que la tendre sollicitude de Ginga.

Tandis qu'Emmerich était préoccupé de ces riantes idées, Hercule regardait autour de lui pour empêcher une surprise semblable à celle de ce jour. Il tenait les chiens fermes en laisse, pour qu'ils ne poursuivissent pas inutilement les animaux des forêts.

— Massa, dit Hercule à Emmerich en retenant les chiens prêts à aboyer, ventre à terre tout de suite : homme dans la forêt.

Emmerich, heureux d'avoir échappé deux fois aux flèches empoisonnées de Nicolas et des marrons, se baissa derrière un buisson. Il attendit avec anxiété l'approche de l'homme dont Hercule avait de loin entendu les pas. Quelle fut sa surprise en reconnaissant Nicolas, portant sous le bras une carabine dont le canon d'acier poli brillait dans l'obscurité! Son étonnement était d'autant plus grand, qu'il le croyait à Paramaribo. Hercule serra le bras

d'Emmerich, pour l'inviter au silence.
Nicolas ne remarqas pas les deux amis et
s'enfonça dans l'épaiss ur de la forêt.

Quand il fut éloigné, Emmerich dit à
Hercule :

— Il faut le suivre. Je suis sûr qu'il médite une nouvelle trahison. Je m'applaudis
maintenant d'avoir prié mon oncle de lui
cacher notre partie de chasse; sans cela
nous ne serions pas encore sur sa trace.

— Nous rester ici, nous le temps de surprendre Nicolas. D'abord penser que li
venir faire ici.

— Il nous échappera, si nous lui don-
nons le temps de s'éloigner.

— Les chiens sur trace de li, li pas
échapper.

Nos deux amis s'assirent, et Hercule dit
à Emmerich :

— Le commandeur vouloir trahir massa
Vanderstraten. Li renvoyer soldats contre
beaucoup argent, li venir dans forêt appeler marrons et dire : « Dans maison à
maître, beaucoup d'argent; personne pour

défendre plantation, » et marrons veni piller, brûler maison à maître blanc, tuer li et se cacher dans montagne, quand li fini.

— Pas possible! Ce serait affreux; mon oncle n'a jamais rien fait à ce misérable.

— Nicolas pas aimer massa Emmerich et vouloir se venger de li. Li aller trouver marrons, et li voler dans maison à maître sans attendre marrons, puis li se sauver avec argent, acheter plantation et riche comme massa Vanderstraten.

Emmerich comprit sur-le-champ qu'Hercule avait raison.

— Que faire? demanda-t-il. Il faut avertir mon oncle et le sauver. Laissons le commandeur aller où il voudra, et retournons vite à la maison.

—Pas faire cela; si massa dire à massa Vanderstraten que Nicolas trahit, li pas croire et dire pas vrai. Mieux suivre Nicolas; massa rester ici avec ce chien, moi prendre l'autre et suivre le commandeur. Massa tranquille; Hercule rusé,

Nicolas pas échapper; quand tout savoir,
Nicolas perdu. Massa rester là, Hercule
bientôt veni.

Par mesure de prudence, Hercule char-
gea les deux armes et les plaça près d'Emmerich, de telle sorte qu'il pût s'en servir
au besoin; puis il s'éloigna, suivi d'un seul
chien.

Il s'écoula plusieurs heures sans qu'Hercule reparût; le soleil se coucha, et il
n'était pas encore revenu. La lune se leva,
et les animaux des forêts, sortant de leurs
retraites, firent retentir l'air de leurs rugissements. Voyant qu'Hercule tardait
tant et craignant qu'il ne lui fût arrivé
quelque accident, Emmerich se leva et
suivit le chemin par lequel Hercule avait
disparu. Il avait fait à peine vingt pas, que
son chien aboya, et un autre aboiement
lui répondit.

— Que faire, massa? s'écria Hercule;
pourquoi pas attendre là?

— J'étais inquiet sur ton compte, lui dit
Emmerich; je craignais qu'il ne te fût ar-

rivé quelque accident. Qu'as-tu vu, entendu et découvert?

— Nicolas méchant; li aller chercher marrons, dire que les soldats partis; si veni à plantation, beaucoup d'argent; li demander une chose à nègres marrons.

— Laquelle?

— Marrons faire souffrir massa Emmerich, puis tuer li.

— Tu vois que j'avais raison de me défier de Nicolas. Allons, Hercule, retournons vite à l'habitation, et prévenons mon oncle, ou bien cherche à détourner les marrons de leur dessein.

— Non pas, répondit Hercule en secouant la tête; plus facile de tuer jaguar qu'empêcher marrons de piller. Faut se battre; dommage les soldats partis; le commandeur mauvais garçon. Li pas gagner à cela. C'est convenu, Hercule et ses frères combattre pour massa.

— Quoi! tes frères combattront pour nous contre des hommes de leur race?

— Marrons rien ménager, tuer noirs et

blancs. Noirs se sauvent quand li veni;
mais aujourd'hui pas sauver, li se battre.

Emmerich n'osait croire que les nègres
voulussent se battre pour son oncle; il ne
comptait que sur Hercule. Cependant il
garda pour lui ses appréhensions et se hâta
de retourner à l'habitation, afin d'y préparer tout contre l'irruption des nègres.

VIII

L'ATTAQUE.

Il était minuit quand Emmerich et Hercule arrivèrent; ils furent fort étonnés de
voir debout M. Vanderstraten, qui les reçut d'un air affable, quand ils entrèrent
dans sa chambre.

— Dieu soit loué, te voilà! Je commen-
çais à m'inquiéter. Si tu avais encore un
peu tardé, j'aurais envoyé tous mes noirs
à ta recherche. Mais je crois que tu es

blessé? Vite, Hercule, va chercher le docteur.

— Mon cher oncle, interrompit Emmerich, ma blessure est sans importance, depuis qu'Hercule l'a pansée. Nous n'avons pas à nous en occuper; mais j'ai d'étranges histoires à te raconter.

M. Vanderstraten fut obligé de céder à la volonté de son neveu. Pendant qu'il parlait, l'inquiétude se peignait sur son visage.

— Nous sommes perdus! s'écria-t-il. Tu ne me dis peut-être ces choses que par haine de Nicolas; car je sais que tu ne l'aimes pas.

— Me croirais-tu capable d'un mensonge, même pour me venger de ce misérable? Tu auras bientôt la preuve de l'exactitude de mon récit. Les nègres marrons ne se feront pas attendre longtemps, et tu sais de quelle cruauté ils sont capables.

— Je ne le sais que trop, s'écria l'oncle en gémissant. Cependant, mon garçon, tu dois te tromper; j'ai toujours été bon pour Nicolas; il est impossible qu'il me trahisse.

— Tu as tort d'avoir plus de confiance en cet homme qu'en moi. Viens, Hercule; préparons tout pour repousser les marrons. Quand crois-tu qu'ils viennent?

— Peut-être demain, peut-être cette nuit. Jamais sûr, prompts comme éclair.

M. Vanderstraten était en proie à une vive agitation. Fuir avec ses trésors fut sa première idée.

— Fuyons, Emmerich, dit-il à son neveu, fuyons avec ce qu'il y a ici de plus précieux. Quand les marrons viendront, ils ne nous trouveront plus; et s'ils brûlent ma maison, s'ils dévastent mes plantations, nous aurons du moins la vie sauve. Nous réparerons bientôt les ravages qu'ils nous auront faits.

— Quoi! abandonner ces belles et dispendieuses machines, cette maison si bien bâtie, ces plantations de caféiers, de cacaotiers, de cotonniers, faites avec tant de soin! Non, mon oncle, il n'y faut pas

penser. Le sauvage lui-même défend sa
case, et nous ne nous défendrions pas! Ce
serait une honte pour nous. Non, il faut
combattre.

— Combattre! Y penses-tu? Que ferons-
nous à nous trois contre ces tigres altérés
de sang?

— Si nous n'étions que trois, ce ne serait pas assez, répondit Emmerich; mais
tu as plusieurs centaines d'esclaves à opposer à tes ennemis. Promets-leur de les
traiter à l'avenir avec plus de douceur, et
tu les verras s'armer pour ta défense. Hercule l'affirme.

— Hercule, répondit le nègre, pas dire
que tous combattre; mais beaucoup d'autres veni après, quand combattre pour
sauver peau à li.

— Quels sont ceux qui prendront les
armes pour moi?

— Ceux qui croient à li bon Dieu, massa.
Bon prêtre dire à nègre li aimer maître.
Li massa dire à pauvre nègre permettre à

li prier bon Dieu, li verser le sang à li pour massa.

M. Vanderstraten secoua la tête et regarda Hercule avec défiance. Quoiqu'il désirât vivement sauver ses riches propriétés, il n'avait cependant pas la force de surmonter le préjugé qui le faisait se défier des nègres chrétiens. Il partageait la croyance commune à cette époque dans toutes les Guyanes, que les noirs doivent être maintenus dans l'état de la plus complète ignorance. Après un moment de réflexion, il refusa de se rendre aux raisons de son neveu et d'Hercule, et ordonna que l'on préparât tout pour la fuite.

— Fuis si tu veux, lui dit Emmerich; je ne te suivrai pas, je resterai ici pour défendre tes biens.

Il partit, suivi d'Hercule, pour exécuter les ordres de son oncle. Hercule courut aux cases des esclaves pour les exciter à prendre les armes, si ce n'était pas pour la défense de leur maître tout au moins pour sauver leur vie.

Emmerich, arrivé à une espèce de bâtiment souterrain qui renfermait les trésors
de son oncle, fut surpris de ne pouvoir
l'ouvrir avec la clef que M. Vanderstraten
lui avait remise; il cherchait sans succès
à en ouvrir la porte, quand elle céda à une
simple pression. Il entra dans ce souterrain, s'engagea dans une seconde cave, et
fut étonné de voir Nicolas occupé à mettre
dans un grand sac à sucre, à la lueur d'une
lanterne, des bijoux et de l'argent qu'il
puisait dans le coffre-fort de son maître.
A la vue d'Emmerich, le commandeur
poussa un cri d'effroi.

—Misérable! s'écria Emmerich. Hercule m'avait bien dit que tu étais un voleur; que fais-tu ici?

Nicolas, se voyant perdu, tira de sa
ceinture son couteau, s'élança sur Emmerich avec la fureur impétueuse d'un
tigre.

—Tiens, meurs, s'écria-t-il, toi que j'ai
toujours rencontré à la traverse de mes
projets!

Et, en disant ces mots, il leva la main pour lui donner le coup mortel.

Emmerich, qui s'y attendait, repoussa si vivement Nicolas, que celui-ci alla tomber à quelques pas de là. Le jeune Européen s'élança aussitôt hors de la cave, dont il ferma la porte en poussant le verrou qui servait à la fixer. Nicolas, prisonnier, était réduit à une rage impuissante. Au moment où Emmerich sortait du souterrain, son oreille fut frappée d'un bruit confus de pas et d'un cliquetis d'armes, accompagnés d'un sourd murmure dont la nature lui était trop connue. Il n'était plus temps de fuir; il fallait résister à l'ennemi, qui pénétrait par l'endroit le plus mal défendu de l'habitation; ce qui empêchait de faire usage des canons qui étaient à bord des canonnières amarrées autour de la maison, dont ils défendaient l'approche.

Emmerich comprit sur-le-champ qu'il fallait s'emparer des batteries du fleuve, pour s'en servir contre l'ennemi, et faire occuper la maison par des hommes noirs résolus, parce qu'elle était construite de manière à se défendre d'elle-même. Il fallait seulement en barricader la porte. Il n'y avait qu'un seul moyen qui pût réussir aux assaillants, y bloquer les défenseurs, de manière à les y faire mourir de faim.

— Si j'ai le temps de tourner l'ennemi, nous sommes sauvés, s'écria Emmerich en allant au-devant d'Hercule, qui venait à sa rencontre avec quarante nègres, suivis de loin de quarante autres. Donnons-leur des armes et commençons le combat avant que les assaillants supposent que nous sommes prêts.

— Pas possible, dit Hercule, et des armes!

— Où sont-elles?

— Dans la maison, pas ailleurs.

Emmerich courut à la maison sans perdre de temps, et trouva M. Vanderstraten étendu sur son fauteuil, à demi mort de terreur; car il avait entendu le cri de guerre si connu des nègres marrons. Em-

merich distribua aux esclaves fidèles des
armes et des munitions, et partit avec les
plus résolus vers le Corentin, pour s'emparer des chaloupes canonnières; mais il
arriva trop tard; les ennemis occupaient le
bord de ce fleuve, et les reçurent par une
volée de flèches. Par bonheur pour eux,
les palissades qui bordaient la plantation
ne permirent pas aux assaillants de les
poursuivre; ils reprirent au pas de course
le chemin de la maison, où ils arrivèrent
sains et saufs. Les autres esclaves s'y
étaient rassemblés, et l'on prit alors toutes les mesures pour y soutenir un siége.
Chacun savait qu'en cette circonstance il
y allait de la vie, et qu'il ne fallait compter pour son salut que sur sa propre bravoure.

IX

LES CHRÉTIENS FIDÈLES.

Quand Emmerich, secondé de son fidèle Hercule, eut pris toutes les mesures nécessaires pour la défense de la maison, il alla trouver son oncle, qui se promenait à grands pas dans sa chambre.

— Eh bien! mon cher oncle, nous voilà à l'abri du premier coup de main. Il nous reste à savoir si nous avons ici assez de munitions et de vivres pour résister pendant quelque temps. Songe que nous avons une centaine d'hommes à nourrir.

Il n'y a donc pas moyen de fuir? demanda M. Vanderstraten.

— Il est trop tard; le plus sûr est de rester ici. La maison est environnée de toutes parts. Nous te défendrons tous jusqu'à la dernière goutte de notre sang.

— Nous sera-t-il possible de résister?

s'écria M. Vanderstraten d'une voix lamentable. La forêt paraît avoir vomi sur nous tous ses habitants; je suis sûr que la plus grande partie de mes esclaves se sont enfuis.

— C'est vrai; mais nous en avons environ une centaine qu'Hercule et moi avons appelés à te défendre, et qui résisteront avec énergie à l'ennemi, jusqu'à ce qu'il nous arrive des secours du dehors. Seulement, je t'avertis qu'il nous faut des vivres; sans cela, nous serions perdus.

— Suis-moi dans la chambre aux munitions de bouche; elle doit être pleine de manière à nous permettre de résister pendant un mois.

Quelle ne fut pas la surprise de M. Vanderstraten en trouvant toutes les caisses et les sacs vides! Il n'y avait que quelques fruits dans un coin.

— C'est l'œuvre de Nicolas, s'écria-t-il douloureusement. Avant-hier, il m'a demandé la clef pour venir prendre ici quelques sacs de riz destiné à la semence, et le misérable a enlevé toutes les provisions.

— Allons, mon cher oncle, la position est plus critique encore que je ne croyais. Nous n'avons pas le temps d'attendre des secours du dehors, il nous faut ou mourir de faim ici, ou nous frayer un passage à travers l'ennemi.

— Si je tenais le misérable, s'écria M. Vanderstraten avec une rage concentrée, j'en ferais sur-le-champ bonne justice.

— Nous sommes déjà vengés, sans doute, car j'ai enfermé le malheureux dans le souterrain qui renferme tes trésors; et si nous sommes forcés de rester ici pendant quelques jours, il y mourra de faim, torturé par le remords d'une conscience coupable.

— Allons, ne pensons plus à cet infâme traître; mais songeons à nous, qui avons la mort en perspective. Entends-tu les cris de guerre des marrons, Emmerich? Sauve-moi, sauve ton oncle!

6

Au premier cri de la troupe sauvage, Emmerich s'était élancé hors de la chambre, et il avait trouvé dans la salle du rez-de-chaussée Hercule, qui animait ses frères à résister courageusement.

— Visez bien, chacun son homme, criait-il; nègres combattre pour bon petit blanc et pour bon Dieu. Si vous bien combattre, massa plus vous défendre d'écouter prêtre, plus battre esclaves. Chrétiens, feu!

Une décharge générale vint porter la mort dans les rangs des marrons. Une vingtaine d'hommes tombèrent morts; il y en eut le double de blessés. L'épouvante s'empara des assaillants, qui se retirèrent en désordre et se mirent hors de la portée des balles.

—Eux assez pour aujourd'hui; veni demain matin, dit Hercule à Emmerich, qui venait à lui le visage bouleversé. Massa avoir peur! dit Hercule; li pas peur, maison bien défendue par bons nègres.

— Je le sais, mon cher Hercule, et je

n'aurais pas d'inquiétude, si nous n'avions
à combattre que les ennemis du dehors.
Viens avec moi dans la chambre de mon
oncle; il faut que je t'apprenne ce que tu
ne sais pas, afin que nous voyions s'il y a
pour nous un moyen de salut.

Hercule suivit Emmerich dans la chambre de M. Vanderstraten, qui se livrait au
plus affreux désespoir et accablait de ma-
lédictions l'infâme Nicolas; il regrettait
surtout de quitter la vie sans avoir puni ce
misérable.

Emmerich et Hercule cherchèrent à ra-
nimer son courage; mais leurs efforts
furent inutiles, et ils comprirent qu'il ne
fallait compter que sur eux pour défendre
la plantation. En peu de mots Emmerich
mit le jeune nègre au courant de la position
de leur petite forteresse.

— Pas de provisions! s'écria Hercule.
Quand nègre pas mangé, li pas bien se
battre.

— Comment faire! Ne peut-on pas

gagner la resserre et y prendre quelques
sacs de maïs?

—Marrons partout; nous pas montrer
nous sans être pris ou tués.

— Il faut cependant essayer, s'écria
M. Vanderstraten, ou nous sommes morts!

— Nous perdus aussi, si nous quittons
maison; ennemis beaucoup, eux bonne
vue; attendre demain. Quand marrons
voir maison défendue, eux peut-être plus
veni; si eux veni, nous sortir et passer à
travers eux. Nous mouri pour massa.

—J'aime mieux vivre, s'écria le planteur. Infâme Nicolas! m'avoir réduit à une
telle extrémité!

— Hercule pas savoir comment faire; si
pas manger, li pas se battre.

Emmerich pensa que les soldats ne pouvaient être bien loin encore, et que si un
homme pouvait se glisser jusqu'à eux à la
faveur de la nuit, il y aurait pour les
assiégés chance de salut; ils pourraient
être revenus avant la soirée du lendemain

à l'habitation, et les provisions existantes suffiraient jusque-là.

— C'est bien! dit M. Vanderstraten; mais qui s'exposera à tomber entre les griffes des marrons?

— Moi, mon cher oncle, qui serais heureux de sauver ta vie aux dépens de la mienne, et de délivrer les braves gens enfermés ici avec nous.

Malgré l'égoïsme de M. Vanderstraten, la conduite héroïque de son neveu le toucha.

— Viens dans mes bras, lui dit-il, tu es un brave enfant. Nous mourrons ensemble, s'il le faut; mais nous ne nous séparerons pas.

— Non, massa pas exposer li. Hercule aller; li peau noire, et marrons pas voir li.

— Comment! s'écria M. Vanderstraten, tu exposerais ta vie pour un blanc?

— Oui, massa, et tous les nègres de toi mouri pour massa Emmerich.

— Allons, ce maudit Nicolas m'a encore trompé; je n'aurais jamais cru les nègres susceptibles de reconnaissance, repartit M. Vanderstraten, dont l'orgueil avait disparu dans ce moment critique.

— Nicolas méchant, li pas aimer bon noir, li pas aimer bon prêtre, qui dit noir mouri pour massa, et pas venger li.

— Tous les nègres qui sont ici sont donc chrétiens? demanda M. Vanderstraten avec surprise.

— Tous, répondit Hercule; les autres sauvés, li chrétiens restés. Voilà, nous chrétiens, massa tout savoir et punir nous, si veut.

— Non, non, s'écria M. Vanderstraten en essuyant une larme d'attendrissement. Jamais je n'aurais cru ces hommes assez dévoués pour exposer leur vie en faveur de celui qui les a fait si souvent maltraiter. J'ai connu trop tard à quels hommes j'avais affaire. Allons, Hercule, dis à tes frères que si nous échappons au danger, je leur donnerai un prêtre pour les instruire, et que je leur ferai construire une église, où ils pourront prier Dieu.

— Merci, massa. Hercule sauver bon maître et tous. Hercule aller chercher soldats blancs. Si Hercule pas reveni, autre noir aller, jusqu'au dernier!

Au moment où Hercule s'apprêtait à sortir de la chambre, un jeune nègre vint annoncer que l'ennemi revenait en force. Hercule et Emmerich allèrent reprendre leur poste, et, sans s'occuper de M. Vanderstraten, qui était tombé sur un fauteuil et implorait la grâce divine, ils reçurent les assaillants par un feu nourri, qui éclaircit leurs rangs sans les décourager. Les marrons, furieux de la résistance qu'ils rencontraient, amoncelèrent près de la porte des amas de feuilles sèches de maïs, auxquels ils mirent le feu, sans pouvoir être atteints par les balles, une fois sous les murs de la maison.

— Faire une sortie, dit Hercule; li marrons brûler nous comme moutons.

— Si nous tentons une sortie, dit Emmerich, il peut nous arriver plus de mal que nous n'en aurions autrement. Faisons un trou dans la porte, et nous pourrons tirer par là sur les assaillants.

— Bonne idée, dit Hercule, qui alla chercher une tarière et aida Emmerich à faire plusieurs trous dans la porte.

Ce travail fait, chacun des défenseurs de la maison fit feu à son tour, et les cris que poussaient les marrons en se sauvant leur annoncèrent que ce moyen avait réussi. Quand ils les virent loin, ils ouvrirent la porte, en enlevèrent les matériaux incendiaires qui y avaient été amassés, et les assiégés purent librement respirer.

Les marrons, furieux, revinrent à la charge et lancèrent dans les fenêtres des volées de flèches qui tuèrent et blessèrent un grand nombre de noirs. Pour arrêter cette destruction, Emmerich fit placer devant les fenêtres des portes qui furent percées à jour; et, à partir de ce momen, les flèches vinrent rebondir sur ces défenses improvisées, qui firent un bon service. La destruction recommença parmi les marrons, qui se retirèrent une fois encore dans le fourré. Pendant cet instant de répit, Emmerich fit porter dans un appartement reculé les blessés, qu'il pansa lui-même et confia à quelques hommes blessés légèrement. Il y avait cinq morts, qu'on descendit dans la cave. Quand Emmerich eut pourvu à tout, il alla rendre compte à son oncle de l'état de la place et lui dit qu'il espérait que l'ennemi, découragé de la vigueur de leur résistance, finirait par se retirer.

M. Vanderstraten n'était pas complètement rassuré par ces nouvelles; il aurait toujours préféré qu'on envoyât un exprès agile chercher les soldats. Hercule proposa d'y aller lui-même. Emmerich, qui n'aurait pas volontiers vu son fidèle ami s'éloigner, proposa de demander à un nègre de se charger de cette épineuse mission.

Tout-à-coup l'appartement fut éclairé par une lueur rougeâtre; ils s'approchèrent de la fenêtre et reconnurent que les marrons brûlaient le magasin aux vivres, le moulin à sucre, les cases des nègres.

— Il n'y a plus moyen de tenter d'échapper à l'œil des marrons, dit Emmerich; il va faire cette nuit plus clair que dans le jour.

— Nous sommes perdus! s'écria en soupirant M. Vanderstraten.

— Nous n'avons pas d'autre ressource qu'une sortie; les plus hardis, à la tête desquels je me mettrai, essaieront de gagner les chaloupes canonnières, qui nous mettront, avec les pièces d'artillerie qu'elles ont à bord, à l'abri de leurs importunités; pendant ce temps-là, Hercule défendra la maison.

— Sortie dangereuse; nous pas quitter d'ici, si les chaloupes gardées; ces marrons connaître canons; attendre jusqu'à demain, quand il fera jour; nous voir ensuite.

— Hercule a raison, dit M. Vanderstraten.

— Attendre, massa, dit Hercule, qui lisait dans les regards d'Emmerich son hésitation; la nuit prochaine sortir; pas ce soir.

— Allons, je ferai ce que vous voudrez.

L'incendie allumé par les marrons gagnait toujours, et ils pillaient à la lueur des flammes. Ce qui préoccupait M. Vanderstraten, c'était le souterrain dans lequel étaient cachés ses trésors, et les précieuses machines que son neveu avait si bien fait marcher. Il espérait qu'après avoir détruit le magasin aux vivres, ils seraient forcés, par la privation d'aliments, de se retirer dans leurs forêts.

L'attitude d'Emmerich et d'Hercule, qui prirent les mesures de sécurité réclamées par la position, rassura un peu M. Vanderstraten.

Emmerich demanda à se reposer pendant une heure ou deux, pour être plus dispos quand reparaîtrait le jour. Il ne tarda pas à s'endormir tandis qu'Hercule veillait à tout.

X

LA DELIVRANCE.

Le soleil se leva radieux pour éclairer la scène de désolation dont la belle propriété de M. Vanderstraten était le théâtre. A la place des maisons et des cases s'élevaient des colonnes de fumée qui montaient jusqu'au ciel. En contemplant ce triste spectacle, les yeux du vieux planteur se remplissaient de larmes.

Les marrons étaient encore plongés dans le sommeil; quelques sentinelles seulement étaient placées de distance en distance autour de la maison; ce qui prouvait qu'on n'avait nulle intention d'abandonner le siége ni de se laisser surprendre par l'attaque imprévue des assiégés. Quand le soleil eut éclairé le visage des dormeurs, ils se levèrent et se rassemblèrent en plusieurs groupes. Il y avait, au milieu des plus nombreux, un homme qui paraissait investi du commandement et qui semblait se concerter avec les chefs subalternes sur l'attaque de la maison.

— Nous allons bientôt voir ce qui se décidera, dit Emmerich ; car de la résolution prise par ces hommes dépend notre sort. Qu'en penses-tu, Hercule ?

— Je crois que massa a raison, mais que noirs pas beaucoup envie de se battre.

Bientôt les chefs se séparèrent et rejoignirent leurs détachements. On vit alors chaque groupe rassembler le butin qu'il avait fait et prendre la direction des forêts. La joie des assiégés fut grande à ce spectacle. M. Vanderstraten respira plus librement. Emmerich fit connaître sa joie par quelques paroles empreintes de gaîté.

— Bêtes li marrons, disait Hercule ; li pas trouver la chambre à l'argent.

Ce triomphe fut de courte durée ; car bientôt les marrons se dirigèrent vers le souterrain qui renfermait les richesses de M. Vanderstraten, et, s'avançant vers le

7

fleuve, ils s'emparèrent des chaloupes canonnières.

— Nous sommes perdus! dit Emmerich; le commandeur est délivré; il va tout mettre en œuvre pour se venger de nous. Préparons-nous à une lutte terrible.

En effet, le perfide commandeur parut bientôt à la tête des chefs marrons, menaçant du poing la maison de son maître, qui ne tarda pas à être environnée de toutes parts. Emmerich et Hercule reprirent leurs armes pour défendre leur vie jusqu'à la dernière extrémité. Contrairement à ce qu'on attendait, les marrons demeurèrent quelques instants dans une irrésolution profonde. Le chef et le commandeur se rapprochèrent bientôt de la maison. Ils portaient des branches vertes dans leurs mains, et ils avaient déposé leurs armes; ce qui indiquait assez qu'ils désiraient entrer en négociation. Emmerich demanda ce qu'ils voulaient.

— Venez du côté de la maison qui regarde le fleuve, dit le commandeur, et vous verrez quelles conditions nous vous offrons.

M. Vanderstraten, Emmerich et Hercule se transportèrent aux fenêtres du côté opposé; et la première chose qu'ils aperçurent, ce furent les canons, qui, sans doute, avaient été débarqués par ordre du commandeur, et dont la bouche était dirigée du côté de la maison.

— Le misérable! s'écria M. Vanderstraten, il mériterait que je le tuasse comme un loup. Hercule, donne-moi ma carabine.

— Non pas, mon oncle, s'écria Emmerich; il vient sans armes, et, quoique ce soit un grand coupable, nous ne devons rien faire contre l'honneur et la conscience. Le tuer maintenant serait un crime odieux. Ecoutons plutôt ce qu'il nous propose.

— Monsieur Vanderstraten, dit Nicolas, qui parut sous la fenêtre, accompagné des chefs noirs, nous vous offrons des conditions acceptables; votre maison est entourée de braves guerriers, et menacée par trois pièces d'artillerie qui, en quelques minutes, la feront écrouler de fond en comble, si vous laissez les hostilités recommencer. C'est pourquoi nous vous conseillons de vous rendre à nos désirs.

— Que désirez-vous, misérable traître? demanda M. Vanderstraten, qui ne put s'empêcher de laisser sentir au commandeur tout le mépris qu'il avait pour lui.

— Qu'on nous livre votre neveu et son ami Hercule. Quant à vos autres trésors, nous n'en demandons rien; vos souterrains sont vides, et j'ai eu soin de me faire bonne part. Si vous nous les livrez, vous pourrez vous retirer avec vos esclaves. Ne mettez pas beaucoup de temps à réfléchir, parce que, si vous hésitez, je donnerai le signal de l'attaque, et je vous ensevelirai tous sous les ruines de votre maison.

— Commence le combat, misérable! s'écria avec indignation M. Vanderstraten; ôte la vie à ton bienfaiteur, après lui avoir pris ce qu'il possédait; mais ne crois pas que je sois, comme toi, un misérable qui abandonne ses amis.

M. Vanderstraten n'était plus le même homme; il était devenu un lion furieux. Il aimait mieux mourir que de livrer son neveu. Il se retira de la fenêtre, pour faire comprendre qu'il ne voulait plus entendre parler de négociations.

La colère, la fureur, la haine, la soif de la vengeance se peignaient tour à tour sur le visage du commandeur, qui voyait ses plans renversés. Il donna aussitôt le signal de l'assaut; les canons vomirent leurs globes de feu et ébranlèrent la maison jusque dans ses fondements; les flèches volèrent de toutes parts, et les balles des assiégés répondirent à cette attaque impétueuse. Les fidèles esclaves aimaient mieux mourir que de livrer leur jeune maître et son ami. Quant à Emmerich, il ne voulut plus toucher une arme; il attacha un mouchoir blanc autour d'un bâton, et le fit voltiger dans les airs au moment où le commandeur pointait de nouveau les canons pour achever la ruine de la maison.

— Arrêtez! s'écria-t-il; il est inutile de nous égorger; cessez le combat.

Le commandeur s'arrêta, jeta à terre le boulet qu'il tenait à la main, et, s'approchant de la fenêtre, le sourire sur les lèvres, il demanda :

— Acceptez-vous maintenant mes conditions?

— J'en accepte la moitié en ce qui me regarde : je suis prêt à me livrer pour éviter l'effusion du sang. Faites de moi tout ce que vous voudrez; mais je ne veux pas qu'il soit arraché un seul cheveu à mon ami.

— Accordé, dit le commandeur. Qu'on cesse le combat.

Les nègres s'éloignèrent de la maison, tandis que M. Vanderstraten, en proie à un combat intérieur terrible, embrassait son neveu en le conjurant de ne pas exposer sa vie; mais Emmerich resta inébranlable.

— Il faudrait, s'écria-t-il, que je fusse un lâche et un misérable, si j'exposais votre vie à tous. Il vaut mieux une victime que cent, et je n'échapperais peut-être pas à la mort qui m'attend dans ces murs. Adieu, mon cher oncle, conserve de moi un tendre souvenir. Adieu, mon cher Hercule; sois pour mon oncle un ami aussi dévoué que tu l'as été pour moi. Adieu, braves gens, qui avez si courageusement combattu; je meurs pour vous sauver!

Emmerich pressa encore une fois son oncle contre sa poitrine, serra la main de son ami, et, avant qu'on l'eût pu retenir, il s'avança vers le commandeur, et lui dit :

— Me voilà, traître; fais de moi ce que tu voudras; je ne te crains pas, je ris de ta colère, et mon dernier regard te dira combien je te méprise.

En poussant un cri de colère, Nicolas tira son coutelas et s'élança sur Emmerich. Avant qu'il eût pu plonger l'arme homicide dans la poitrine du jeune homme, il vint se placer entre eux un nègre qui, étendant son bras avec tranquillité, dit au commandeur avec dignité :

— Ce blanc est à moi! Il est sous la protection de Baruc, personne ne lui fera de mal.

Le commandeur abandonna sa victime, en jetant au chef des nègres marrons un regard furieux; mais il n'osa se porter à aucun acte de violence contre le chef nègre, parce qu'il était entouré de ses plus braves guerriers, qui auraient vengé sa mort sur-le-champ. Il dit, en retenant sa colère :

— Pourquoi Baruc se met-il entre moi et ma victime? Baruc a rompu le traité qu'il avait conclu avec moi; il m'avait promis, en échange des trésors du blanc, de me livrer celui qui m'a offensé, pour que j'en fisse à ma volonté. Où est Zamba pour affirmer mes paroles?

—Li blanc dire vérité! s'écria un nègre; li massa blanc li appartient. Baruc teni sa parole · mauvais homme, si Baruc ne lo tient pas.

Dans l'espérance de pouvoir assouvir sa vengeance, le commandeur laissa paraître sur son visage un affreux sourire de joie, et il s'élança de nouveau sur Emmerich, le couteau à la main; mais Baruc étendit encore une fois la main, et s'écria d'un ton plus ferme que la première fois:

—Le massa blanc est sous la protection de Baruc; celui qui l'attaquera mourra.

Il fit aussitôt un signe à ses guerriers, qui entourèrent Emmerich et parurent décidés à se faire tailler en pièces plutôt que de laisser toucher le jeune homme protégé par leur chef.

Les capitaines noirs, soumis à la domination de Baruc, entourèrent leur chef et le commandeur, et lui demandèrent les motifs de sa conduite.

— Baruc va parler, dit le chef des marrons. Baruc trouva un jeune homme blanc dans la forêt, et il voulait le tuer; mais le fétiche de Ginga le sauvá. Il est ami des noirs, et Baruc lui a promis sa protection; il a donné au blanc trois des plumes de sa couronne. Si Baruc avait su que c'était sa vie qu'on demandait, il n'y aurait pas

consenti, et il n'aurait quitté ses forêts
que pour le protéger. J'ai promis de tenir
ma parole, et je n'hésite pas. Ce jeune
homme ne doit souffrir de préjudice ni
dans sa personne ni dans ses biens. Qu'on
reporte les trésors où on les a pris, et qu'on
se prépare à rentrer dans la forêt.

Ce discours de Baruc ne fut pas bien accueilli : les chefs marrons auraient bien
voulu que le jeune homme ne souffrît aucun outrage; mais ils ne voulaient pas se
dessaisir du butin qu'ils avaient fait, et un
long murmure fut la seule réponse donnée
à l'ordre du chef suprême.

— Qu'on obéisse! s'écria Baruc; je le
veux.

Les noirs hésitaient.

— N'obéissez pas, s'écria une voix parmi les mécontents; c'est un ami des blancs;
il ne peut plus être notre chef. Peu nous
importe la promesse qu'il a faite. Tuez-le.

— Tuez-le, s'écria le commandeur, qui
porta le premier coup au protecteur de son
ennemi.

Un regard foudroyant de Baruc répondit à cette agression; il ne leva pas le bras pour frapper, mais il s'écria :

— Tuez-le, il a offensé votre chef.

Aucun bras ne se tourna contre l'insolent commandeur, aucun arc ne se tendit, aucune flèche ne fendit l'air en sifflant pour venger le chef outragé. Celui-ci fut, au contraire, l'objet des attaques de ceux qui l'entouraient, et le petit groupe de ses fidèles eut peine à le défendre.

En un clin d'œil le combat s'engagea. Baruc éleva sa hache contre ses guerriers soulevés, et son cri sauvage enflamma le courage de ses défenseurs et exalta leur bravoure. Emmerich saisit une arme et se plaça à côté de Baruc. Il s'élança au milieu des mutins, parmi lesquels se distinguait Nicolas, qui faisait mille efforts pour atteindre le jeune homme de sa hache et lui fendre la tête.

Malgré le courage de Baruc et de sa petite troupe, ils étaient trop peu nombreux pour résister à tant d'ennemis :

mais, au moment où ils allaient succomber, arriva un secours inespéré, sur lequel personne ne comptait. Les portes de la maison assiégée s'ouvrirent, et il en sortit cent hommes armés de fusils, à la tête desquels étaient Hercule et M. Vanderstraten. Au même moment, cent coups de fusil partirent et vinrent porter la mort dans les rangs des mutins. Emmerich, animé par l'arrivée de ces auxiliaires inattendus, s'écria :

— En avant, mes amis! la victoire est à nous.

Les armes furent rechargées, et une seconde décharge fit tomber de nouveau les assaillants. Au même instant un hourra vigoureux, suivi d'un feu de peloton, vint ajouter au désordre : c'étaient les soldats hollandais qui venaient se joindre à la petite troupe au milieu de laquelle Emmerich combattait. Les noirs révoltés, entourés de toutes parts, saisis d'une terreur panique, jetèrent leurs armes en criant, et s'enfuirent dans toutes les directions.

Nicolas lui-même cherchait à s'échapper; mais il était à peine arrivé sur la lisière du bois, qu'une balle l'atteignit et le fit tomber sans connaissance. Ceci arriva au moment où M. Vanderstraten et Emmerich se jetaient dans les bras l'un de l'autre, et où Hercule, ne se contenant plus de joie, criait : Victoire.

Quand l'oncle et le neveu eurent échangé leurs embrassements, ils demandèrent à l'officier hollandais comment il avait su que l'habitation était assiégée par les marrons. Celui-ci raconta comment un jeune esclave était allé lui dire de venir au secours des assiégés, et, ayant trouvé le combat engagé, ils avaient cru ne pouvoir mieux faire que de s'y mêler.

— Quel est l'esclave qui a été vous porter cette nouvelle? demanda M. Vanderstraten.

Un jeune noir au visage riant se présenta devant M. Vanderstraten et s'inclina devant lui, en le regardant avec confiance.

— Tu vois, mon cher neveu, que j'ai

aussi, parmi les nègres non chrétiens, des serviteurs fidèles.

Emmerich sourit et demanda au jeune nègre :

— A quoi crois-tu, Pompée?

— A Jésus-Christ; li bon maître, mort pour li blanc et li noir.

En disant ces mots, il regarda son maître avec un air de crainte.

— Allons, je vois que je m'étais trompé, dit M. Vanderstraten en regardant le jeune Pompée avec bienveillance. Mes enfants, dit-il à ses esclaves, pour reconnaître votre dévouement et votre fidélité, je vous rends la liberté; je donne à chacun un morceau de terre assez grand pour qu'il y puisse construire une case et cultiver tout ce qui est nécessaire à la vie. Vous aurez aussi un prêtre, qui vous donnera une plus ample instruction religieuse, et je vous ferai construire une église.

Les nègres poussèrent des cris de joie

en entendant ces paroles, et Emmerich se jeta dans les bras de son oncle.

— Il fallait, dit-il, que les nègres marrons vinssent nous attaquer pour que nous vissions à quels cœurs d'or nous avions affaire.

— Remercions Dieu d'avoir permis que mon cœur fût éclairé sur la valeur de nos fidèles serviteurs. A propos, qu'est devenu ce traître de Nicolas?

— Le voilà, dit Hercule, on l'amène ici.

— Il en sera fait bonne et prompte justice, dit M. Vanderstraten.

— Il n'est plus temps, répondit Emmerich, la vie a quitté son corps.

— C'est le doigt de Dieu! Le Seigneur n'a pas voulu que le crime restât impuni; il venait pour frapper, il a été frappé. Ce n'est pas à nous, mais au Très-Haut, à juger les morts.

Le corps du commandeur fut livré à des nègres chargés de le porter en terre. Emmerich remercia ensuite Baruc de sa protection, lui offrit des présents, un asile

sur la propriété de son oncle. Baruc refusa tout et déclara qu'il n'avait rien à
craindre de ses marrons, qu'il punirait sévèrement les chefs de la révolte, mais qu'il
voulait rester libre. Il serra avec force la
main d'Emmerich et disparut avec ses
nègres fidèles.

— C'est un noble cœur, s'écria Emmerich; lui seul mériterait qu'à sa considé-
ration les pauvres esclaves fussent traités
avec plus de douceur.

— Désormais, personne sur mon habitation ne se plaindra de ma rigueur; je
veux être l'ami et non le maître de mes
esclaves.

— Tu auras ta récompense dans leur
fidélité, mon cher oncle. Tu as vu aujour-
d'hui que les chrétiens noirs valent les
chrétiens blancs. Va, mon cher oncle, que
notre peau soit blanche ou noire, si nous
aimons Dieu et que notre cœur soit pur,
nous n'en mériterons pas moins une place
dans le ciel.

Le lendemain, on examina les ravages

faits par les marrons, et l'on reconnut qu'ils n'étaient pas aussi grands qu'on le croyait. En effet, au bout de quelques semaines, ils furent réparés, les cases rebâties, les jardins replantés. On retrouva dans les poches du commandeur les objets les plus précieux qui se trouvaient dans le souterrain; tous les nègres qui avaient pris la fuite revinrent, de sorte que les pertes de M. Vanderstraten furent sans importance.

Malgré cette prompte réparation des dégâts qu'il avait eus à souffrir, M. Vanderstraten avait été si vivement impressionné par l'irruption des nègres révoltés, qu'il ne cessait d'en rêver chaque nuit.

— Mon cher Emmerich, dit-il un jour à son neveu, veux-tu retourner en Europe?

— Sans doute, mon cher oncle, si tu consens à m'y accompagner; car je ne te quitterai jamais dans un pas comme celui-ci, où tu cours des dangers de la part des nègres marrons.

— Eh bien! mon garçon, nous partirons tous les deux; je ne crois pas à l'amitié des nègres de la montagne; notre ami Baruc est mortel. J'ai trouvé un acheteur à un prix avantageux. Hercule viendra avec nous?

— Sans doute, mon oncle.

— La semaine prochaine, nous serons en route; il me tarde de revoir ta bonne mère.

— Elle sera bien contente de te revoir.

Huit jours après, Emmerich et son oncle s'embarquèrent, avec le fidèle Hercule, sur un navire qui faisait voile pour l'Allemagne, où ils arrivèrent quatre mois après leur départ.

Emmerich, qui put procurer à sa mère des douceurs dont elle avait été longtemps privée, vécut fort heureux près d'elle, de son oncle et de son fidèle Hercule, qui ne changea jamais pour lui.

Par-delà les mers, il en fut de même; les

esclaves convertis firent des prosélytes à leur tour, et l'on arriva à préférer les nègres chrétiens à tous les autres, parce qu'ils sont plus travailleurs et plus fidèles.

EUSTACHE.

Pour nous Européens, nés dans un climat tempéré qui nous a revêtus d'une peau douce, lisse et diaphane, agréablement nuancée de teintes d'où s'échappent, suivant les impressions de notre âme, le blanc, le rose et l'incarnat, il nous arrive quelquefois de ne pouvoir nous défendre d'une certaine répugnance à considérer l'Américain au teint cuivré, l'Asiatique à la couleur bronzée, l'Africain à la peau d'ébène.

Nos premières pensées sont de ne supposer l'existence d'aucune des qualités morales de cette enveloppe si étrangère à notre constitution physique; et cependant

si nous nous dépouillions de nos préven-
tions, de nos préjugés, si nous pouvions
pénétrer dans l'intérieur de la vie domes-
tique de ces hommes que nous appelons
sauvages, que d'actes d'humanité, de générosité, de grandeur d'âme, de dévoûment
à toute épreuve, de reconnaissance et d'a-
mour, nous rencontrerions chez un grand
nombre d'individus de ces portions de la
race humaine sorties, comme nous, de la
main de Dieu!

Si Dieu n'a mis aucune différence dans
la forme matérielle du corps humain; s'il
a voulu que des ressorts identiques fissent
mouvoir et le cœur et les muscles, croyons
que cette partie noble que nous appelons
l'âme, ne reçoit de modifications que de
l'éducation et de l'exemple.

A l'appui de cette vérité, nous ne sau-
rions mieux faire que d'emprunter à une
autorité respectable, à un corps placé au
sommet des honneurs littéraires, à l'Académie française enfin, l'esquisse de la vie
d'un nègre auquel la décision de cet

aréopage français, confirmée par le suffrage
public, a décerné, en 1892, la première
palme du prix de vertu fondé par l'homme
le plus vertueux de son siècle, M. de Monthyon...

Parmi tant d'êtres que l'Académie fait
participer à ses bienfaits, c'est avec plaisir
que nous voyons surgir au-dessus de la
foule le bon nègre Eustache. Il ne sourit à
son triomphe que par l'idée de la distribu-
tion qu'il va faire des rayons de sa gloire.

Par un effet de sa bienfaisance en faveur
de tous les infortunés qu'il a rencontrés
sur ses pas, il s'est dépouillé de tous les
biens que lui avait légués son ancien
maître, pour prix de son dévoûment à l'ar-
racher plusieurs fois à la mort; il gémis-
sait dans le silence de n'avoir plus rien ou
presque rien à donner. Cette récompense
inattendue rallume sa charité. Eustache
ne se félicite d'être associé au partage de
la bonne œuvre de M. de Monthyon que
parce que, libre de disposer de l'honorable
couronne de 5,000 francs que l'Académie

va déposer sur son front, déjà sillonné par les années, sur sa tête chargée d'une espèce de laine noire nuancée d'une teinte grisâtre, il va, sans aucune réserve pour ses propres besoins, en détacher successivement tous les fleurons, afin de rendre à l'existence d'autres infortunés succombant sous le poids de la misère.

Disons quelques mots sur la vie du serviteur fidèle que nous avons pris pour modèle.

Eustache, dans son berceau, fut entouré des chaînes de l'esclavage. Il naquit en 1773, de parents d'origine africaine, esclaves eux-mêmes de M. Bélin de Villeneuve, propriétaire dans la partie nord de l'île de Saint-Domingue.

Ce riche colon savait rendre sa fortune honorable par le noble emploi de ses sentiments d'humanité et de générosité

L'enfance de notre négrillon participa à cet avantage. Les soins assidus et tendres de sa mère, pendant cette aurore de la vie, aidèrent à l'heureux développement de ses facultés physiques et furent le germe de ses qualités morales.

Enfant, il fut attaché à la sucrerie : il s'y occupait avec autant de zèle que d'intelligence aux petits travaux qui lui étaient commandés. Si parfois sa tâche surpassait les forces de son âge, jamais il n'en murmurait; il essayait, par son adresse, par de petites combinaisons ingénieuses, et surtout par le bon emploi du temps, à vaincre les difficultés, et presque toujours il en triomphait.

Quoique à peine sorti de l'adolescence, au moment où éclatèrent les premiers désastres de la colonie travaillée par les dissensions politiques, Eustache avait acquis une si grande influence sur ses compagnons, il exerçait un tel ascendant sur eux, il inspirait à son maître et à un grand nombre de propriétaires une confiance si complète en la droiture de son âme, qu'il sut, par ses conseils, ses exhortations, ses prières et ses larmes, arrêter le torrent prêt à dévaster la colonie, et préserver son maître et de nombreux colons du massacre général médité contre les blancs.

Mais bientôt après, de fougueux émissaires expédiés de la métropole vinrent fondre sur la colonie, et ne faire qu'un monceau de ruines des blancs, des habitations, des cases et de tous les instruments qui procuraient l'existence à la population coloniale.

La voix de ces apôtres de la destruction n'eut que trop d'écho dans la colonie.

Que fait Eustache dans ces calamiteuses conjonctures? S'abandonnant aux inspirations de l'humanité, il n'écoute que la leçon qu'elle lui trace sur ses devoirs; il les remplira dans toute leur étendue. Révolté à la pensée de conquérir son émancipation par le fer et le feu, il combine avec lui-même le plan qu'il doit suivre. Il n'est retenu ni par les animosités des noirs contre les blancs, ni par la communauté d'intérêts qui le lie avec les premiers, ni même par le sentiment d'affection qu'il leur portait depuis son enfance; il ne voit pas de triomphateurs à suivre, mais des malheureux à sauver.

Dès-lors, il répudie la race des proscripteurs; il embrasse la cause des proscrits.

C'est à ses conseils que quatre cents colons durent, sinon la conservation de leur fortune, au moins celle de leur existence. Celui surtout qu'il ne pouvait oublier, celui qui faisait l'objet de ses plus vives, de ses plus tendres sollicitudes, celui pour lequel il aurait sacrifié mille fois sa vie, c'était M. Bélin de Villeneuve, son bon maître.

A travers des périls inouïs, l'ingénieux Eustache sut ménager à son patron, dont il devint à son tour le bienfaiteur, une retraite sur un navire américain qui vint à mouiller à Limbée, alors commune, chef-lieu de l'un des trente-trois cantons du département du nord de l'île de Saint-Domingue, et la plus productive en café : mais il fallait lui procurer des vivres.

Cette réflexion n'a pas échappé à la sagacité du bon nègre. Il a triomphé de beaucoup d'obstacles pour faire transporter dans le bâtiment plusieurs milliers de sucre; déjà, en montant à bord avec son maître qu'il veut continuer à servir modestement, comme par le passé, il se réjouit de l'avoir, par cette provision, mis à l'abri du besoin; mais, quel fut bientôt après son désespoir! un nouveau malheur a trahi sa prévoyance. Le navire américain a été attaqué et pris par des corsaires anglais... *Bon Dieu*, se disait Eustache en levant les yeux au ciel, *n'auriez-vous préservé mon maître du trépas que pour le livrer aux horreurs de la captivité? Si je pouvais!...* ajoutait-il; puis, s'absorbant dans ses pensées, il médite sur les moyens de dérober M. Bélin et ses amis à la servitude.

Tandis que les vainqueurs célèbrent leur victoire, l'audacieux Eustache les amuse par ses jeux; il endort leur défiance, et, au moment où, aveuglés par les fumées du vin, il ne leur reste que la force de proférer de sales plaisanteries sur la tristesse des captifs, il donne le signal à ceux qu'il a mis dans sa confidence, et aussitôt les rôles changent; les vainqueurs sont vaincus; des liens bien serrés saisissent leurs membres, et le bâtiment délivré arrive au milieu des cris de joie jusque dans la rade de Baltimore.

Lorsque l'horizon parut s'éclaircir un peu sur la partie française de Saint-Domingue, M. Bélin, les autres compagnons de son exil et son esclave, ou plutôt son bienfaiteur et son ami, s'empressèrent de se diriger vers la colonie; mais à peine avaient-ils débarqué qu'ils furent frappés de terreur en apprenant une nouvelle insurrection.

Au bruit de cette épouvantable catastrophe, M. Bélin avait cherché son salut dans la fuite vers la mer. Poursuivi par une bande de nègres, il était sur le point d'être atteint; l'arme du meurtre se balançait sur sa tête : sa vie ou sa mort dépendait d'un pas de plus ou de moins. La Providence le pousse en avant; heureux de parvenir près d'un corps-de-garde espagnol, il se fait reconnaître du commandant. Il pénètre dans le poste, et, prompt à se revêtir d'un uniforme, il échappe sous ce déguisement à la fureur des barbares.

Protégé par la couleur de sa peau identique avec celle des assassins, Eustache, dans ce désordre, a pu non-seulement éviter le danger pour lui-même, mais encore il a plus d'une fois, dans la mêlée, fait servir son corps de rempart à quelques blancs; il a détourné plus d'un poignard dirigé sur le cœur de ceux que le hasard plaçait près de lui.

Pendant longtemps il était parvenu à laisser à son maître un chemin libre pour la fuite; mais, poussé par la foule, il eut la douleur de le perdre de vue. Après avoir inutilement cherché son ami, il le recommande à Dieu, et, dans l'espoir qu'il a secondé ses vœux, il s'occupe à lui procurer encore quelques ressources pour l'existence. Il veut au moins garantir du pillage les débris de sa fortune.

Après mille démarches, il est un jour au

comble de la joie; il apprend que M. Bélin est sauvé et qu'il s'est réfugié au Môle Saint-Nicolas. Alors, il s'empresse d'aller retirer les effets qu'il a mis en dépôt, et, heureux de pouvoir remettre à son maître le peu de richesses qu'il a sauvé de tant de naufrages, il s'embarque pour aller le rejoindre.

Enfin, le temps des calamités est passé pour les deux amis. Aux traits d'héroïsme dans le danger, Eustache va faire succéder des gages de douce affection pour son maître; il a suivi au Port-au-Prince M. Bélin de Villeneuve, que sa haute probité et ses lumières ont fait nommer président du conseil privé.

Le dévouement d'Eustache, porté à un si haut degré, trouvait sa récompense dans les jouissances de son cœur; elles suffisaient à son ambition : mais M. Bélin avait une dette sacrée à acquitter envers un tel serviteur, il lui rendit sa liberté. Dès ce jour d'affranchissement, Eustache ajouta à son nom celui de Bélin, qu'il était si digne de porter, et sous lequel nous le désignerons maintenant. M. Bélin de Villeneuve crut s'honorer lui-même, en confiant son nom à celui qu'il n'aurait pas répudié pour fils. Eustache Bélin fut naturalisé Français. Mais, sous le charme de cette nouvelle position sociale, pourquoi faut-il qu'il ait eu à exprimer une vive douleur, à répandre des larmes amères? Hélas! oui, son cœur a été frappé d'un coup funeste! il a été séparé pour toujours de celui auquel il avait consacré sa vie!

M. Bélin de Villeneuve a payé le dernier tribut à la nature humaine; mais, en ce moment suprême, il n'a pas oublié l'ange tutélaire qui avait adouci tant de fois l'amertume de sa vie, qui en avait prolongé le cours, en lui faisant franchir les écueils qui en compromirent souvent la durée; il lui a fait des legs de grande valeur, et, entre autres, un d'une somme de cinquante mille francs.

Une semblable fortune entre les mains d'Eustache Bélin n'était qu'un dépôt que

Dieu lui confiait pour le soulagement des pauvres et des infortunés. Aussi ce trésor, transmis par la reconnaissance d'un maître à la bienfaisance, à l'humanité d'un serviteur sensible à tous les maux d'autrui, fut-il bientôt épuisé.

Les colonies étaient peuplées de malheureux sans ressources, et on n'y voyait qu'un Eustache. Chaque jour, à chaque heure, ce bon nègre avait des occasions de délier les nœuds de sa bourse, et, loin de les fuir, il mettait son bonheur à les chercher.

S'il fallait citer tous les traits où sa générosité fut mise en action, un gros volume suffirait à peine pour en contenir la narration. Que l'âme serait émue d'attendrissement en le voyant se dépouiller successivement, toujours avec l'expression de la joie, de chemises, de linge, de vêtements, de meubles qu'il prodigue à la misère.

Sa générosité va jusqu'à payer à des soldats leur solde arriérée qu'ils attendent

de la justice et du devoir du gouverne-
ment. Si on le voit quelquefois sortir avec
rapidité de l'asile, du galetas de l'indi-
gence, ce n'est que pour échapper aux
bénédictions, aux larmes de reconnaissance d'un vieillard infirme, d'une mère
malade et abandonnée, d'enfants épuisés
par les tiraillements de la faim, et qu'il a
soulagés. Partout son aumône est la rosée
bienfaisante qui rend la vie aux cœurs que
la misère dessèche.

Enfin, Eustache Bélin a versé dans le
sein des pauvres tout ce qu'il possédait; il
ne lui reste que le souvenir de ses bonnes
œuvres. Cette richesse satisfait son ambition; il remercie Dieu de la grâce qu'il lui
a accordée.

Au moment où l'Académie française si-
gnalait à la vénération publique les vertus
de notre héros, il y avait trente-neuf ans
qu'à défaut d'autres ressources pour le
soutien de son existence, il était rentré,
sans honte, dans l'humble carrière de la
domesticité.

Qui le croirait, si des témoins dignes de foi ne l'attestaient?... Eustache Bélin trouve dans l'inépuisable trésor de ses pensées les moyens de devenir la providence d'enfants pour lesquels il paye ou les frais de nourrice ou ceux d'apprentissage, d'ouvriers qu'il pourvoit d'outils, d'instruments aratoires qui leur manquent pour se livrer aux travaux de leur profession, de vieux parents de son ancien maître que l'adoption a rendu aussi les siens, auxquels il prête des sommes assez fortes qu'ils ne lui rendront pas, et que sa générosité ne réclamera jamais d'eux, quand bien même il en conserverait le souvenir.

Mais, dira-t-on, où cet homme étonnant peut-il donc puiser tant d'éléments de bienfaisance?... Dans ses talents... Excellent cuisinier, on le recherche, on l'appelle dans les maisons opulentes; on se dispute presque, sinon l'honneur, au moins l'avantage de l'avoir. Partout on lui offre un salaire proportionné à son savoir-faire. Jamais il ne le refuse, parce qu'il sait l'usage qu'il en fera. Il ne le considère que comme l'aumône qui passe de la main du riche dans la sienne, pour sécher quelques pleurs du pauvre qui n'a rien, pour cicatriser quelques plaies du malheur.

Quant à lui, de cette nouvelle mine de richesses qu'il exploite avec fatigue, il ne garde que ce qui est strictement indispensable à ses premiers besoins, et souvent il ébrèche la portion qu'il s'était réservée, pour l'offrir à l'indigent vertueux que le hasard a placé sur ses pas.

Tel est ce nègre bienfaisant, cet Eustache, qui prit naissance dans les liens de l'esclavage, cet homme dont la vie presque miraculeuse honore l'humanité.

FIN.

TABLE.

—

FIN DE LA TABLE.

Limoges. — Impr. EUGÈNE ARDANT et Cⁱᵉ.

Original en couleur

NF Z 43-120-8

LES ANIMAUX

DANS LES BOIS

PAR

A. DUBOIS.

Officier d'Académie, membre de plusieurs Sociétés savantes.